AF415456

EX LIBRIS

40/50

Evelyne Nicod

CARPE DIEM

à R.A.P.
sans qui , rien ne serait possible
affectueusement

MILANO

GATTERIA

MMXXI

CARPE DIEM

par

EVELYNE NICOD

Mise en page par

RODOLFO PARDI

Éditeur : Gatteria® www.gatteria.it

Édition 1

Date de publication : 8 juin 2020

ISBN 9791280330291

C'est ma nature
Pas de la littérature
Mon ciel est gris
Comme cette vie.

Je broie le noir à journée faite
Pas de quoi s'étonner non plus
Quoiqu'on fasse c'est pas la fête
Pas de planche de salut.

Il faut y aller, ne pas s'insurger
Brocarder les préjugés
Du moins s'y essayer,
Incrustés au plus profond

Ils ressortent comme un tourbillon
Dur d'y échapper
On doit les supporter.

Préface

Les histoires naissent, les personnages s'imposent à l'esprit, ils prennent forme, les lieux se précisent et rien n'est vraiment gratuit.

La fiction l'emporte toujours sur la réalité, elle est la seule liberté à laquelle un auteur puisse prétendre. Pourquoi ne pas en profiter ?

Les acquis que l'âge vous octroie servent à ne pas trop se fourvoyer sur des terrains sablonneux. Ne parler que de que l'on croit connaître, pourquoi pas ? C'est la raison pour la quelle cette histoire a été écrite.

Bonne lecture.

Introduction

Une famille, d'une guerre à l'autre, beaucoup de décès, les mariages plus au moins arrangés, des femmes qui se sont succédées de mère en fille, se débattant avec un destin qui ne faisait pas de cadeaux, la dernière pour tenter de vivre loin de ce passé et tenter de récupérer un crédit qu'elle pense avoir avec la vie.

Du moins elle essaie, d'une certaine manière elle y réussit, elle s'appelle Amandine.

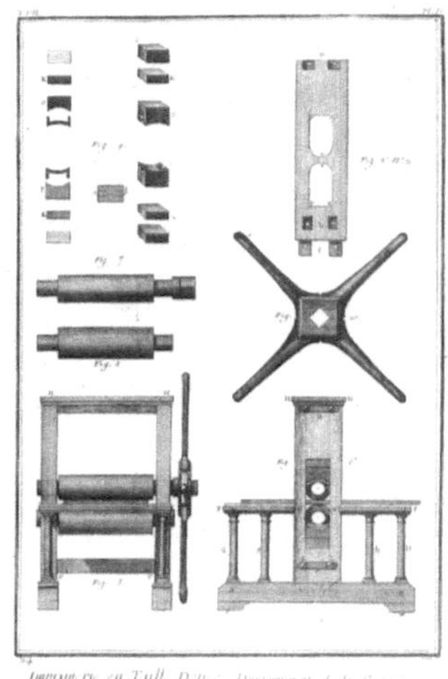

SOMMAIRE

Généalogie

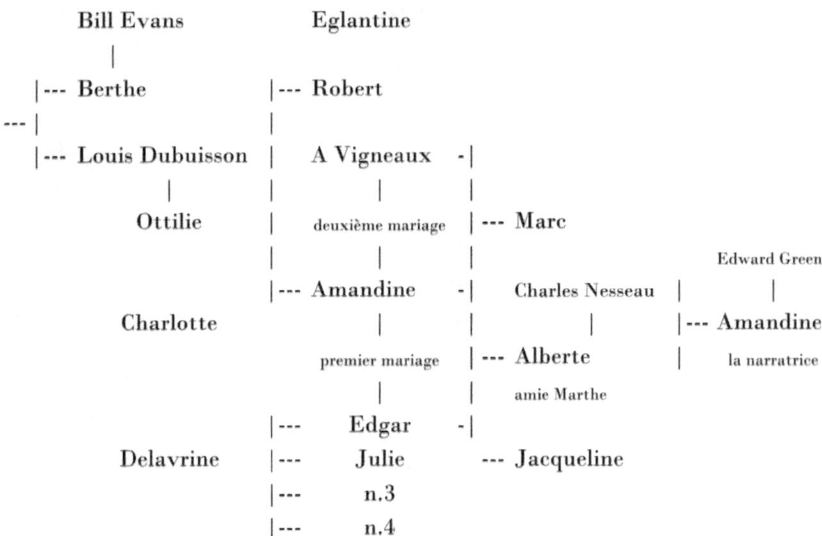

1 Prologue

La vie est bizarre
Un vrai traquenard
On ne s'en sort jamais
Ni de loin ni de près

Elle nous passe sous le nez
À la vitesse d'un TGV
On la regarde partir
En retard pour finir
Le contrat était truqué
On s'est tous fait piéger

La maison devait être libérée avant la fin du mois, les nouveaux propriétaires désirant entrer en possession des lieux, vides, à la date fixée sur le contrat de vente.

L'arrière-petite-fille, dernière de la famille, essayait de trouver le courage de tourner la page.

Elle tergiversait dans cette énorme bâtisse, elle en avait déjà fait le tour cent fois ces derniers jours. Elle rêvait qu'une main étrangère vienne débarrasser l'espace, sans états d'âme, elle en était incapable, mettre un point final aux racines lui broyait le cœur. Elle se donnait encore une semaine, puis elle cherchera du renfort auprès de compétences en la matière.

Elle eut le malheur d'ouvrir une grande boîte cartonnée, pleine de lettres et de photos. Ses arrières-tantes lui avaient raconté maintes fois des bribes de leur histoire, des anecdotes, des personnalités. Elle n'avait jamais osé lire les missives de ces inconnus, ne se sentait pas autorisée à le faire, puis un nom attira son attention, celui de sa grand-mère maternelle, qu'elle n'avait pas connue, elle portait son prénom à cette Amandine Dubuisson.

Elle ne s'était jamais permis de s'immiscer dans des écrits qui ne lui étaient pas destinés, mais elle s'y plongea avec frénésie, elle avait envie de mieux les comprendre avant de fermer cette porte derrière elle, que se disaient ses ancêtres, en privé, découvrira-t-elle leur personnalité, pas certain, du moins elle éclaircira des épisodes restés obscurs.

Le matin elle avait fait l'inventaire des meubles, du linge de maison, une armoire l'intriguait, elle avait abrité les trousseaux de dizaines de générations, elle était estimée, dans la famille, datant de la fin Louis XV. Ce meuble était rustique, avait appartenu à des générations d'artisans ébénistes, menuisiers, elle était encore là, pleine de cirons, cabossée, unique, la mémoire des Dubuisson, que les filles se léguaient avec son contenu de draps, linges, chemises brodées. Les chiffres A D se retrouvaient sur le trousseau, jauni, raidi, d'Amandine, comme les lettres et les portraits.

Deux grandes photos encadrées en ovale représentaient un couple, celui des époux Delavrine, Edgar et Amandine, les grands-parents de la petite dernière de la famille. Les mêmes photos existaient en format réduit, plus nettes. Ils étaient jeunes, une vingtaine d'années, peut-être plus, Amandine était blonde et frisée, coquette, elle ne souriait pas, son regard clair regardait le photographe sans ciller. Elle avait des traits fins, bien dessinés, une bouche petite et charnue, elle se tenait très droite, vêtue d'une blouse blanche très ajustée et semblait menue, une broche sous le col montant, pas d'autres bijoux, les mains délicates croisées à la hauteur de la taille, on distinguait à peine la jupe foncée et une taille de guêpe. Edgar était souriant sous une moustache soignée, importante, il endossait un uniforme militaire, il avait un beau visage, la mâchoire carrée, un regard doux, un joli nez.

Exit la narratrice, je prenais la plume, j'étais la deuxième Amandine, jamais si bien servie que par soi-même. Je cherchais autour de moi la permission de m'immiscer dans leur vie privée, ou de faire venir les déménageurs et de tout brûler.

Bien sûr, j'ai plongé dans le carton à souvenirs, vous l'aurez deviné. Des lettres d'Amandine, il y en avait peu, celles d'Edgar plus nombreuses, voici ce que j'ai retenu de ma lecture, et l'histoire de deux êtres que je n'ai pas connus, mais sur lesquels j'ai beaucoup fantasmé.

2 Dubuisson

Que reste-t-il
De ces beaux jours
Une marguerite
Des mots d'amour
Qui tournent vite
Aux calembours
Dans le trou noir
De la mémoire
Si peu fidèle

Il était une fois une famille d'artisans ébénistes qui vivait au cœur d'un village du Haut Doubs, une église centrale, une route principale, une école communale, la fromagerie, la gare, le cimetière à deux kilomètres de la fontaine située sur la place. Des habitations de cultivateurs, d'éleveurs de vaches laitières, une scierie, un maréchal ferrant, le tout, de part et d'autre de la rue sur plusieurs kilomètres, en longueur. La maison Dubuisson était au centre, entre l'église et la fromagerie. Un toit démesuré en pente, une charpente en sapin occupait les 3/4 de la bâtisse, les murs en pierre du pays, et des « tavaillons » recouvraient les parois exposées aux intempéries et protégeaient du froid.

Le rez-de-chaussée comprenait une chambre à vivre, une grande cuisine avec une cheminée monumentale, une salle à manger, deux chambres, le premier étage quatre chambres lambrissées pourvues d'alcôves.

La bâtisse était à peu près de l'âge de l'armoire, avait toujours appartenu à notre famille. Menuisiers de génération en génération, ébénistes, marqueterie fine. Le dernier en date fut mon arrière grand-père, décédé à 92 ans et en activité jusqu'à plus de 85 ans.

Le père d'Amandine s'appelait Louis, sa mère Ottilie, il était courtier en bois, travaillait des meubles de marqueterie, réputés dans la région pour leur qualité. Ils vivaient confortablement, considérés aisés à cette époque, il employait trois artisans et son épouse disposait d'une aide ménagère.

Un grand jardin et un verger entouraient la maison, entretenus par un jardinier bénévole qui pratiquait le troc, entretien en échange de fruits et légumes. Ils possédaient de nombreux pré-bois dans les forêts avoisinantes.

Amandine avait un frère de deux ans son aîné, ils étaient tous les deux en pension, dans des écoles religieuses, ils ne revenaient chez les parents qu'à Noël, à Pâques et l'été.

Tous deux obtinrent le brevet, le garçon partit en internat au collège et Amandine rentra dans son village. Le couple Dubuisson était apparemment solide, mais Louis était volage et son épouse investissait son trop-plein d'amour et d'espoir sur sa fille.

Amandine était très liée à sa cousine, qui habitait près de la gare, elles avaient le même âge, pleines de joie de vivre et de rêves étoilés. Elle était très manuelle, aurait volontiers travaillé dans l'atelier, mais son père lui en interdit l'accès. Elle se contenta de coudre, de broder, de courir avec Églantine, lisait des livres d'Eugène Sue, d'Edgar Poe, adorait se faire peur en attendant le prince charmant. Inutile de préciser que les deux jeunes filles avaient une idée vague du sexe opposé, il s'agissait d'êtres abstraits, merveilleux qui les feraient voler très haut, ils les séduiraient, ce serait le paradis et elles se marieraient, etc. Leurs corps ne leur avaient rien appris, leurs mères encore moins, le mystère restait complet. Pas de questions sous peine de calamité, bien se tenir, être jolie, mais avec discrétion, et la qualité majeure patiente, elles en auraient besoin, c'était un conseil.

Amandine et Églantine étaient coquettes, elles inventaient des tenues extravagantes, et découvraient que les mensonges ouvraient les portes de la liberté tant convoitée. Amandine se plaignait de douleurs variées, souvent son ventre la faisait souffrir tous les mois, elle se soignait avec une bouillotte et du vin chaud, les maux de dents avec des clous de girofle et de l'alcool. Maman finissait par accompagner sa fille chez le dentiste, en ville, par le petit train appelé le tacot, deux fois par mois. À la demande d'Amandine, elle réussit à convaincre sa mère d'y aller avec Églantine. La ville leur appartenait finalement, une jolie station thermale, avec des passants et des magasins ravissants, bien achalandés. Elles s'y rendaient désormais régulièrement. Un élégant passant les accompagna chez le dentiste qui avait changé d'adresse. Il était charmant et bien élevé. Les semaines suivantes devinrent des mois, les soins dentaires ne finissaient plus, Ottilie trouva le traitement long.

Le jeune homme s'appelait Edgar et son ami Albert, ils courtisaient les deux cousines, ravies, amoureuses éperdues. Ils s'écrivaient des cartes, Amandine les faisait arriver chez Églantine et vice versa... les rendez-vous se faisaient en langage chiffré, c'était fantastique, tellement excitant et romanesque. Le tacot s'arrêtait partout, même en forêt, Amandine rejoignait Edgar, Églantine Albert. Elles découvraient les baisers, les caresses, adoraient adorer, mais on ne touchait pas à l'interdit absolu, sous la ceinture évidemment. Edgar était très amoureux et désirait épouser sa dulcinée. Amandine était troublée, sans expérience et, n'avait pas encore envie de convoler, le mariage n'était pas envisageable dans l'immédiat.

Elle se plaisait, se trouvait belle, aimait les toilettes, les jolies robes, chantait à tue-tête, et sa mère qui n'était pas sotte décida de suivre sa fille en cachette. Elle découvrit les tourtereaux. Edgar était le fils d'un grossiste de tissus, de lin, de soieries, et possédait plusieurs magasins dans la ville.

« Le terme **tacot** était l'appellation familière de divers trains d'intérêt local et à voie étroite du début du XXe siècle. »

Amandine pleurait à chaudes larmes, le nez rouge, hoquetait que ce n'était pas de sa faute, que les gens qui s'aimaient n'y pouvaient rien, c'était comme une maladie. Elle méritait leur compassion, pas de discussions haineuses. Ottilie n'en revenait pas, elle ne manquait pas de culot, c'était certain, elle la gifla pour la première fois de sa vie.

Les journées s'écoulaient moroses, les lettres désespérées des amoureux se croisaient à une autre adresse, ils se retrouvaient dans les bois. Edgar vint demander la main d'Amandine et lui offrit une médaille en argent, datée de leur première rencontre.

Louis Dubuisson avait une sœur qui vivait à Boston, elle avait épousé un Américain, il lui rendait visite fréquemment, car il faisait des placements financiers par la même occasion, son beau-frère, banquier, le conseillait et lui avait fait faire de bons investissements.

Ils décidèrent, avec Ottilie, d'emmener Amandine aux États-Unis, aux bons soins de sa tante, afin de lui trouver un mari digne de ce nom, si possible fortuné.

Amandine faisait la moue, mais, au fond, était excitée d'aller chez la tante Berthe, mais serait plutôt morte que de l'avouer.

Ils embarquèrent, le père et la fille, laissant Ottilie sur le quai. La traversée durait deux semaines, elle faisait toujours grise mine en direction de Louis, mais dansait allègrement dans les soirées, courtisée par des barbons de quarante ans. Flirtait et riait sous cape. Le voyage avait ses bons côtés, après tout. Ils débarquèrent à Ellis Island, le Nouveau Monde, l'hôtel. L'oncle était venu les accueillir et souhaiter la bienvenue à New York, direction le train et Boston.

Bill Evans était banquier, ex avocat de son état, il avait épousé Berthe à Paris, une jolie jeune fille en apprentissage dans une maison de couture. Ils se plurent et se marièrent dans la foulée. Louis était impulsif comme sa sœur, mais trouvait que Berthe allait un peu vite, tout de même. Il partit un mois plus tard à Boston et découvrit le monde de Bill Evans et de Berthe. Cette dernière avait ouvert une boutique à son arrivée, grâce à son époux, et semblait ravie de sa nouvelle existence.

L'argent coulait à flot, ils travaillaient beaucoup et Louis admirait leur désinvolture. Le village était loin avec ses réalités aux antipodes de cet esprit d'entreprise d'Outre Atlantique.

Amandine fut accueillie à bras ouverts, Berthe n'était pas maternelle, mais très complice avec sa nièce. La jeune fille secondait sa tante, avait du talent, beaucoup d'allure, le chic à l'européenne. Elle ne voyait pas le temps passer, recevait beaucoup de courrier d'Edgar, d'Églantine, d'Albert.

La tante Berthe organisa une fête en l'honneur de sa nièce et lui présenter leurs amis. Bill avait une idée en tête, un associé célibataire qui ferait un excellent parti.

Berthe avait fait confectionner une toilette très à la mode à Boston pour Amandine, qui lui paressait trop décolletée, rose des pieds à la tête, une horreur. Elle n'appréciait pas sa nouvelle mise, c'était le moins qu'on puisse dire.

La fête fut brillante, la petite Frenchie eut beaucoup de succès et flirta gaiement toute la soirée avec des partenaires de tout âge.

L'associé la trouvait mignonne, mais un peu désinvolte pour une future épouse, il lui fit la cour, sans illusions, l'invita en tête à tête avec l'approbation de Bill. Amandine se comportait avec trop de désinvolture, se laissait embrasser, ce qui découragea son chevalier servant qui pensa en faire sa maîtresse. Bill sermonna Amandine qui se fichait éperdument du protégé de son oncle. Elle faisait la folle, portait des robes invraisemblables qui auraient fait mourir de honte une honnête femme dans son pays.

D'un jour à l'autre, après avoir lu une lettre d'Edgar, la jeune fille se calma, regarda effarée le monde tourbillonnant qui l'entourait, elle s'y sentait mal à l'aise et n'appréciait plus cette exubérance.

Berthe avait une réelle passion pour son activité dans la mode et trouva immédiatement sa place à Boston auprès de Bill. Ils n'avaient pas d'enfants, la vie de famille ne les intéressait pas, ils voyageaient, travaillaient et semblaient satisfaits.

Elle, Amandine, voulait tomber amoureuse, se marier et avoir des enfants, se moquait de faire une carrière, d'épouser un homme qui ne lui inspirait rien. Maintenant, elle le savait, elle voulait Edgar, il lui manquait, elle l'aimait.

Elle perdit cinq kilos en une semaine, se mit à pleurer pour des futilités. Elle se languissait de son amoureux, n'en dormait plus. Berthe comprit qu'il était inutile d'insister et écrivit à son frère qu'elle accompagnerait sa nièce en France par le prochain bateau. Elle lui fit cadeau d'une jolie bague de fiançailles, un petit diamant.

Le voyage de retour, chaperonnée par sa tante, fut beaucoup plus tranquille qu'à l'aller. Amandine n'avait plus envie de danser avec des inconnus qui lui caressaient le dos et l'embrassaient dans le cou.

L'arrivée au Havre sentait bon la maison, la famille, Edgar. Ottilie et Louis vinrent les accueillir, ils passèrent une semaine à Paris et rentrèrent au village. Berthe fit la connaissance du jeune homme qui lui plut, il était aussi amoureux que sympathique, sa nièce avait fait le bon choix.

Louis et Ottilie l'invitèrent à déjeuner durant le séjour de Berthe, les fiançailles devinrent officielles, mais pas question de mariage, Amandine était trop impulsive.

Edgar avait souffert durant le séjour américain de son Amandine, il possédait une maturité qui ne serait jamais l'apanage de sa future épouse.

Elle jouait avec le feu, sûre de son pouvoir sur les sentiments d'Edgar. Elle le rudoyait, se lamentait, se laissait admirer, racontait des histoires invraisemblables pour le faire sortir de ses gonds. Le grand jeu. Ils se voyaient officiellement dans les familles réciproques, Amandine se lia d'amitié avec Julie, elle la trouvait merveilleuse, élégante, chaleureuse, et se servit de sa future belle-sœur pour ses rendez-vous avec son amoureux. Elle adorait jouer à l'amour fou, Edgar savait patienter et ne s'aventurait pas au-delà de la bienséance.

Elle était frivole, aimait flirter savamment, une artiste dans le genre, pas question d'appréhender le vrai sujet qui les rendait haletant, ce serait pour plus tard, la révélation du mystère qu'elle n'osait imaginer. Deux jeunes transis de désir inassouvi, tout un programme.

Edgar n'était pas un ingénu, il fréquentait, avec ses frères, les maisons closes depuis des années, il respectait le pacte tacite du mariage révélateur.

Ils se disputaient souvent, toujours pour des rendez-vous manqués qu'Amandine se faisait un malin plaisir à mettre sur le compte de sa santé. Elle n'était pas fragile, mais très nerveuse, hypocondriaque, elle faisait des drames tous les mois, invariablement alitée pendant une semaine avec une bouillotte, un vin chaud, maman à ses côtés et une humeur épouvantable, elle souffrait, il fallait que ça se sache. Elle sortait de l'isolement, fraîche comme une rose, sautait joyeuse, envoyait des messages à son amoureux qui accourait.

Ottilie connaissait très bien sa fille, elle était aussi la fille de Louis, connu pour son penchant pour les jouvencelles. Ils se ressemblaient, la même nature fantasque, Ottilie soupirait en la voyant jouer au chat et à la souris avec Edgar. Ce garçon était sérieux, travaillait avec ses frères, sportif, un caractère joyeux, en or, attentif au bien-être des personnes qui lui tenaient à cœur. Avant Amandine il avait fréquenté une jeune fille très connue dans leur ville, jolie et fille de notaire. Amandine avait pulvérisé les sentiments d'Edgar, le savait et Ottilie se demandait si sa fille était vraiment amoureuse ou se servait de lui.

Ottilie s'était mariée jeune, ses parents lui avaient choisi un époux, Louis était sympathique, elle ne l'avait jamais aimé, lui non plus. Ils se respectaient suffisamment pour se supporter. Louis avait des maîtresses, en aurait toute sa vie, mais il était discret et évitait d'ébruiter ses relations, n'en faisait pas étalage.

Ottilie n'avait jamais su ce qu'était l'amour d'un homme, elle s'éprenait à vue, elle avait subi les assauts de son mari, il fallait le faire pour avoir des enfants, elle adorait les siens, les protégeaient. La nature de sa fille l'intriguait, elle ignorait les jeux de l'amour que sa fille pratiquait en experte, une vraie séductrice, manipulatrice.

Tous ces détails me tinrent en haleine en lisant les lettres que mère et fille s'échangeaient durant le séjour américain. Ottilie était d'une ingénuité incroyable, alors qu'Amandine menait sa barque avec fougue, sachant parfaitement ce qu'elle faisait, frivole, mais coquine.

Ces personnes s'écrivaient tous les jours, étalaient leurs états d'âme, des recettes de cuisine, celui des routes, le temps qu'il faisait avec une prédilection pour les tempêtes de neige ou les orages foudroyants. Le tragique avait la cote, le ciel bleu n'intéressait personne. Les détails scabreux se décriaient volontiers, plaies purulentes, sanguinolentes, maladies, morts violentes, souffrance en tout genre.

Une dispute familiale fut tenue secrète pendant des lustres. Le fils de Louis et Ottilie, âgé de 22 ans, étudiant en droit et très attaché à sa mère découvrit que son père entretenait une ex collaboratrice familiale à Dijon, ville dans laquelle il fréquentait la faculté, évidemment, par hasard. La jeune Margot, plantureuse et joviale prit beaucoup de plaisir durant le service chez les Dubuisson. Monsieur Louis lui rendait visite régulièrement dans sa chambre et décida de lui louer un logement en ville et de l'accaparer pour son seul et unique plaisir. Elle disparut du jour au lendemain,

Ottilie pensa qu'elle avait fugué avec un amoureux et engagea une remplaçante séance tenante.

Il y eut une altercation violente, à table, Robert raconta son histoire et Ottilie se mit à trembler, puis à pleurer, Amandine, muette et rigide regardait son père fixement, furieuse de cette scène ignoble, Louis gifla Robert qui prit un couteau sur la table et le jeta en l'air, malheureusement il blessa sa sœur à la tempe qui saignait copieusement. Robert fut jeté à la porte par Louis, qui lui interdit de remettre les pieds dans sa maison, lui coupa les vivres, le traitant de menteur et pire de semeur de trouble. Les deux femmes enlacées sanglotaient de plus belle, Louis jura que tout était faux, des mensonges honteux, les pria de se calmer et qu'il ne reviendrait plus sur sa décision. Ce qu'il fit.

Il mentait, évidemment, Margot était sa maîtresse et le demeura pendant une dizaine d'années, puis il la maria avec un ex apprentis, devenu maître d'œuvre à Dijon, il lui octroya une dote confortable.

Ces faits me furent délivrés par ma mère, leur secret de famille. Pas reluisants.

L'oncle Robert trouva du travail en ville, dans l'étude d'un parent d'Ottilie qui lui faisait parvenir de quoi vivre, ainsi que sa sœur.

L'honneur était sauf, en apparence, car tout le monde connaissait les talents de Louis ainsi que ses fréquents voyages à Paris ou à Dijon.

Amandine préparait son trousseau, brodait les draps, les linges, les chemises, secondée par sa mère et les sœurs d'un couvent voisin. Elle était très nerveuse, ne savait plus si elle aimait vraiment Edgar. Elle adorait jouer à l'amoureuse et en faire le commentaire à Églantine, qui, elle, en rajoutait de son côté. Elles étaient deux oies blanches, polissonnes, ne connaissant que le sexe des anges.

Il fallut se décider, car le bruit courrait que la guerre était prête à éclater, fallait-il le croire ? Les hommes ne parlaient que d'ennemis, d'Allemands aux portes, de frontières interdites, d'Alsace Lorraine...

Edgar décida qu'il était temps, de ne plus tergiverser. Le jour fut fixé, il n'y eut pas de dizaines d'invités, seulement la famille des deux amoureux.

Amandine portait une robe de soie noire, ajustée, une coiffure volumineuse, grâce à sa chevelure abondante, une jupe moulante à taille haute, évasée dans le bas, des gants à petits boutons, des fleurs piquées dans son chignon.

Edgar était en habit noir, sérieux, les cheveux courts, la moustache soignée, il regardait le photographe avec un air narquois.

Les parents souriaient beaucoup, les belles-mères s'embrassaient, les beaux-pères fumaient des cigares. Julie qui venait de convoler souriait béate à son tout nouveau mari, moustachu, comme il se doit. Ils se ressemblaient tous dans la famille d'Edgar Delavrine, ils étaient trois garçons et une fille. Sur la photo de mariage, ils étaient tous interchangeables, Edgar, le plus sympathique, mise à part la moustache, le plus moderne.

Amandine et Edgar partirent à Paris pendant dix jours, personne n'avait encore décidé où ils vivraient. Leur situation demeurait inchangée, Edgar travaillait en famille pendant la semaine et venait le dimanche dans la famille Dubuisson rejoindre sa jeune épouse. La nouvelle identité d'Amandine lui imposait quelques obligations. Elle prenait le tacot et retrouvait son mari en semaine et dormait chez ses beaux-parents. Elle pria Edgar de la laisser encore quelque temps dans sa famille, elle avait beaucoup de mal à s'habituer à sa condition d'épouse.

Elle avait un instinct infaillible, Amandine, elle « sentait » les situations et s'y tenait. La déclaration de guerre fut annoncée, Edgar fut mobilisé et expédié à Dijon.

Elle savait qu'elle devait rester chez ses parents. Quelques permissions lui permirent de rencontrer Edgar, elle se révéla amoureuse comme elle ne l'avait jamais été auparavant. Elle le touchait, le cajolait, ne pouvait plus se détacher de lui. Edgar fut surpris de découvrir une Amandine passionnée et très physique. Elle rentrait le cœur en tumulte, elle adorait cet homme, son homme.

La correspondance était abondante, ils s'écrivaient deux fois par jour, très intimes.

Il y eut un mois de mai 1914 très amoureux, ils se voyaient durant les permissions, ne se quittant pas un instant, elle était comme un poulpe sur un rocher.

Elle attendait un enfant, elle annonça la nouvelle à Ottilie, la première, c'était merveilleux, elle serait bientôt grand-mère. Edgar était plus réservé, il devait partir dans le Nord Est près de Verdun.

Les lettres suivantes étaient d'une tristesse qui me touchait en pensant à Amandine, chez ses parents, loin de la réalité, de l'horreur des tranchées dans les quelles vivait Edgar au quotidien. Il n'en parlait JAMAIS, ne racontait que des anecdotes drôles, espérait l'éventualité d'une permission. Ils se rejoignaient dans des villes inconnues, dans des hôtels, ils s'aimaient à la folie, il était délicat, chuchotait au futur bébé, Amandine était sous le charme de cet homme, aussi attentionné que solide. Elle avait eu beaucoup de chance de le rencontrer, un être rare, elle s'en rendait compte.

La petite Alberte vit le jour le 24 janvier 1915, ma mère.

La famille Dubuisson se donna beaucoup de mal pour aider la nouvelle maman, les Delavrine, au complet, accoururent pour faire la connaissance de la petite.

Amandine n'avait pas son pareil pour se plaindre de maux de ventre. Elle avait accouché relativement vite pour un premier enfant, mais peina pour s'en remettre. Elle donnait le sein, mais son lait était insuffisant.

Tous ces détails étaient écrits et le pauvre Edgar lisait, catastrophé, un récit cauchemardesque, lui qui vivait dans les tranchées, près du Chemin des Dames ! Amandine n'a jamais compris, à cette période, le sort épouvantable qui était réservé à ces hommes.

Nos générations ont malheureusement su comment la guerre s'était réellement déroulée, ce qui rendait la lecture de ces lettres insupportable.

Amandine se plaignait, sans vergogne, que la petite pleurait trop, l'empêchait de dormir, la fatiguait, insupportable en quelque sorte, le bébé avait mal au ventre, comme sa mère, mais pour d'autres raisons.

J'ai arrêté ce courrier d'Amandine, j'avais honte pour elle, mais les tranchées étaient loin du monde jurassien, ils ne savaient rien, ne comprenaient rien à l'horreur de ces hécatombes.

La neige recouvrait le village, les toits démesurés des maisons, ils vivaient au chaud, dans la salle du rez-de-chaussée, dormaient dans les alcôves. Ottilie relayait sa fille pour nourrir le bébé à l'aide de bouteilles stérilisées et lui changer ses couches.

Les missives d'Edgar se faisaient rares, irrégulières, et toujours en retard. L'hiver se termina à Pâques, cette année-là, il avait fait très froid, les primevères allaient bientôt fleurir, après les perce-neiges, les jonquilles, dans les sous-bois. Le soleil semblait généreux, Alberte s'était calmée et Amandine était fière de sa fille, précoce pour son âge. L'été arriva immédiatement après un printemps furtif, la chaleur avec et les fenêtres s'ouvrirent, il faisait bon le soir, dans le jardin, siroter une menthe à l'eau.

Amandine apprenait à cuisiner avec Ottilie, un vrai cordon-bleu, très appréciée par Louis depuis toujours. Elle n'avait pas la passion des casseroles, sa mère ne la laissait pas approcher des fourneaux, son royaume exclusif, mais les roux n'avaient plus de secrets ainsi que les gaudes, les plats simples, régionaux, elle ne possédera jamais le don d'Ottilie. Elle n'aimait pas la vie de femme d'intérieur, ni la maternité, elle aurait préféré travailler avec son père, ou broder comme sa tante Berthe, elle s'était fourvoyée dans un avenir dédié à la famille.

Alberte à huit mois faisait ses premiers pas, son père ne connaissait de sa fille qu'une photo, nue sur une peau de bête, posée chez un photographe. Elle souriait de sa petite bouche édentée, une boucle de cheveux sur le sommet d'un crâne rond, elle était adorable. Elle avait hérité d'Edgar la couleur de ses yeux et la même mâchoire carrée, tout le reste appartenait aux Dubuisson. Il écrivit une lettre d'extase à Amandine pour la remercier du mal qu'elle se donnait pour élever la petite qu'il aimait au-delà de tout.

Ce sera sa dernière lettre, il fut tué dans le Chemin des Dames en 1916.

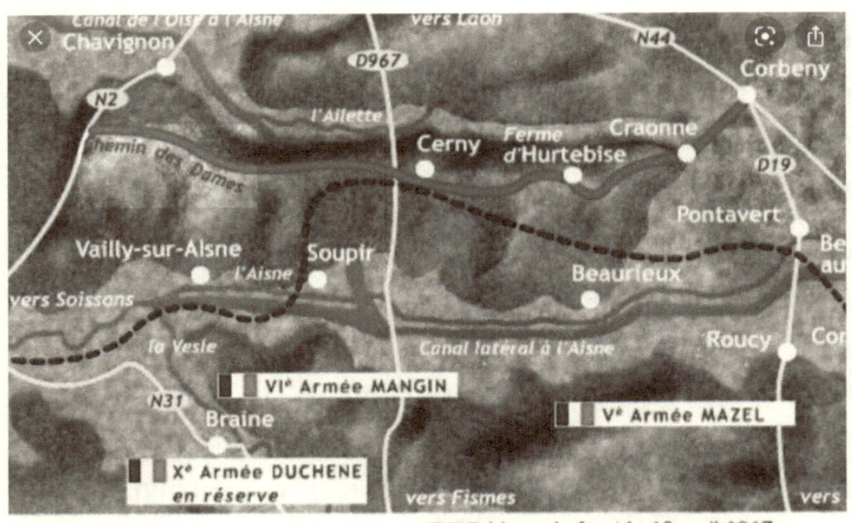

Alberte devint pupille de la Nation, Amandine veuve de guerre, de quoi s'effondrer de consternation.

Amandine n'avait plus de larmes, désespérée. Elle avait honte de ses lettres, de son égoïsme, de sa stupidité quand il la courtisait, elle aurait voulu disparaître, incapable de s'occuper de sa fille, dévorée de chagrin. Ottilie élevait Alberte, lui apprenait à parler, très bavarde, délicate comme sa mère, le lait ne sera jamais toléré dans la famille pour aucune de nous.

Alberte écoutait sa grand-mère lui parler de son papa merveilleux en lui caressant les cheveux. L'enfant était très sensible et comprenait que sa maman avait trop de peine, on lui avait expliqué que son papa ne viendrait pus jamais. Elle regardait le portrait de ce beau monsieur en uniforme, elle le trouvait magnifique et l'embrassait toutes les fois qu'elle passait devant.

Ottilie l'emmena rendre visite aux parents d'Edgar qui vivaient un deuil difficile à accepter. Ses frères étaient, muets de chagrin, Julie pétrifiée, car son mari était dans la même région que son frère, et pleurait son jumeau.

La petite ne vit que des êtres en larmes, vêtus de noir qui l'embrassaient en la serrant trop fort. Ils lui firent des cadeaux magnifiques, mais jamais elle n'oubliera les silhouettes noires en pleurs. Le malheur, elle l'avait gravé dans la mémoire, alors que le bonheur s'estompera sans laisser de traces.

À cinq ans Alberte partit dans un pensionnat, elle y restera jusqu'à son brevet, comme sa mère avant elle.

Elle savait déjà lire, écrire et compter, le grand-père Louis adorait cette petite et, avec une patience que personne ne lui connaissait, il passa des heures en sa compagnie, à lire, à lui parler de l'Amérique, des cartes de géographie. Elle était vive, comprenait au quart de tour, jouait avec passion à dessiner, colorier, peut-être trop sage. Il n'y avait pas d'enfants dans cet univers morose, endeuillé, les voix ne s'élevaient pas, pas de musique, Amandine se prêtait rarement à des jeux. Alberte jouait seule en compagnie du chat et du chien, avec qui elle engageait des discussions fiévreuses, animées d'aboiements et de miaulements expressifs. Le chien était un métis de petite taille, presque un Jack Russel, le chat, une tigresse en adoration du duvet d'Alberte, qui acceptait avec circonspection les caresses de la petite et sortait ses griffes à une vitesse inégalée. Le chien s'appelait Kiki, et la chatte Coco, ils se toléraient. Coco dormait au milieu de l'édredon, Kiki sur la descente de lit. Ils étaient indissociables, Alberte sans Kiki, ce n'était pas pensable, Coco ne quittait jamais des yeux ses complices, prête à bondir en cas de besoin. La campagne offrait l'avantage de pouvoir se promener sur les sentiers forestiers avec Kiki en avant-garde et Coco fermait la marche, Alberte sera solitaire toute sa vie avec un chien en laisse et un chat dans les bras.

La guerre se termina, des milliers d'hommes manquaient à l'appel, les veuves remplaçaient la main-d'œuvre masculine pour nourrir tous les orphelins.

Amandine reprit goût à la vie, malgré les difficultés. Dans le haut du village se dressait une grande maison bourgeoise, couverte de vigne vierge, où vivaient deux frères et sœurs. Leur mère venait de décéder de la grippe espagnole. Ils étaient célibataires, âgés de 47 et 48 ans, monsieur Armand Vigneaux pharmacien en ville, se rendait à son travail par le train chaque matin, déjeunait dans le même restaurant depuis vingt ans. Sa sœur Eulalie dut rompre ses fiançailles quand elle découvrit que son fiancé était le père de deux enfants illégitimes avec une comédienne. Ils étaient les notables du village et se comportaient en conséquence : aimables, souriants, distants, ne fréquentaient que le notaire et les médecins des environs.

Armand Vigneaux était bel homme, avait une maîtresse attitrée depuis une dizaine d'années, veuve d'un avocat décédé peu de temps après le mariage. Ils s'entendaient à merveille, avaient leurs habitudes, jouaient aux cartes, déjeunaient divinement bien, grâce au talent de la cuisinière de madame Blanc, prénommée Marie, ils s'adonnaient à quelques épanchements amoureux avec modération, Marie n'était pas sensuelle.

Eulalie Vigneaux connaissait Amandine, la trouvait charmante et l'invita, un dimanche à prendre le thé, en compagnie de sa mère.

Les règles sociales étaient strictes, on ne se mélangeait pas au-dessous de sa classe. Mais la guerre était passée par là, l'intérêt permettait de surmonter beaucoup des obstacles, après tout démodés, il fallait repeupler la France de petits Français, on mettait de l'eau dans son vin n'est-ce pas ?

Jamais Eulalie n'avait invité la fille de l'artisan du mobilier familial, la petite-fille du menuisier des boiseries, l'arrière-petite-fille du charpentier. Le temps avait modifié les usages, Amandine était instruite, bien élevée et se rendit avec Ottilie chez les Vigneaux.

Elles admirèrent le salon, œuvre du grand-père Dubuisson, les fauteuils, les jolies tables basses, elles furent accueillies chaleureusement par Eulalie et le pharmacien.

Les regards se soupesaient, s'évaluaient de part et d'autre, personne n'était dupe. La forme était très importante, bien sûr, la conversation d'un ennui mortel, le temps, les fleurs. Armand détaillait Amandine qui se demandait ce qui pouvait le dégeler dans l'intimité. Tout le monde semblait ravi de ce délicieux après-midi de printemps.

Armand vint rendre visite à Louis dans le bureau de l'atelier et lui demanda la main de sa fille.

Personne n'était surpris, Amandine en avait reçu d'autres, mais Armand Vigneaux était, sans aucun doute, le plus intéressant. Ottilie et Amandine riaient sous cape, se retrouver dans les meubles des grands-pères, c'était drôle, mais que penser de cet homme glacial.

Elle rencontra Armand en ville, seule, il l'invita à déjeuner dans un restaurant qu'il ne fréquentait jamais, renommé pour sa gastronomie.

Ils se parlèrent librement, Amandine ne jouait plus les séductrices, elle deviendrait une femme respectable, élégante, bien élevée, bilingue, elle y tenait. Il la trouva charmante, elle le trouva acceptable, sans plus.

Elle se faisait distante, pas de familiarité, elle était une veuve de guerre, mère de famille, le sous-entendait brillamment ce qui enchanta le pharmacien.

Ils se marièrent sobrement, Amandine portait encore une robe noire en faille de soie, très élégante sous son chapeau à voilette.

Alberte vivra chez ses grands parents, en bas du village, sera pensionnaire dans une école religieuse. Sa mère viendra la voir chez ses parents, elle n'habitera jamais chez les Vigneaux.

Amandine n'était pas une mère affectueuse, mais une grande amoureuse, elle avait aimé Edgar et se sentait prête à affronter sa nouvelle vie, sans trop penser à la fillette. Alberte vénérait sa mère, la trouvait belle, cherchait à lui plaire, sans succès. Grand-père Louis et Ottilie lui donnèrent des tonnes de démonstration d'affection. Maman était une belle image, comme la photo de son papa chéri.

Elle passait les vacances de Pâques chez sa tante Julie, qui avait une fillette d'un an sa cadette. Elle s'appelait Jacqueline, était douce, adorable, elles s'entendaient à merveille. Deux filles uniques, sans un père, car la tante Julie venait de divorcer, ce qui était mal vu dans les familles bourgeoises. Jacqueline était plus grande de taille, Alberte très menue, elles rêvaient de vivre ensemble toujours, toute leur vie. Alberte rentrait au pensionnat avec de jolis vêtements, cadeaux de ses oncles, des rêves infinis en attendant la visite de sa maman.

Alberte avait sept ans quand elle apprit, par une lettre d'Amandine, qu'elle avait un petit frère et que par conséquent maman devait s'en occuper et ne pouvait plus venir la voir.

Ottilie atténua le chagrin d'Alberte en la cajolant et l'emmena chez les Vigneaux rendre visite au nouveau-né qui s'appelait Marc

Vigneaux. Elle le trouva affreux, sa maman le nourrissait au sein, il lui faisait pitié ce pauvre être rougeâtre, chauve, microscopique.

Elle retrouva avec délice la maison du bas, Kiki, Coco, les bras d'Ottilie, de Louis. Personne ne l'avait embrassée chez les Vigneaux, pas même sa mère qui n'avait d'yeux que pour l'horrible créature.

Elle avait le cœur brisé, sa maman ne l'aimait plus, elle en était malade. Les sœurs étaient inquiètes, car elle ne mangeait plus. Elle revint chez ses grands-parents, pendant deux mois, ils essayèrent de l'aider.

Elle reprit ses esprits et décida qu'elle aimerait ce petit garçon, mais plus tard, quand ils seraient grands.

Armand était fier de sa progéniture, et reconnaissant envers son épouse de lui avoir donné un garçon, il était comblé.

Il continuait à rencontrer sa maîtresse, déjeunait chez elle, le soir il se déchaînait avec une épouse beaucoup plus sensuelle avec laquelle il ne s'entendait sur rien, en dehors du lit. Amandine était joueuse, capricieuse, paresseuse, Eulalie essayait de l'intéresser aux œuvres de charité, d'échanger des visites avec leurs amis de toujours. Seule Églantine avait son attention, mais n'était pas la bienvenue chez les Vigneaux.

Elle s'ennuyait, et quand elle s'ennuyait elle avait mal au ventre, ce qui exaspérait le pharmacien qui lui donnait des médicaments, sans venir à bout de ces douleurs, et pour cause...

Les ébats avaient lieu à jours fixes, le dimanche matin, une fois par semaine, deux ou trois fois consécutives. Amandine sortait de sa torpeur, elle adorait ces séances, Armand était un bon partenaire, dommage que les autres jours il ne la daignait pas d'un seul regard, elle ne l'intéressait plus.

Il considérait son épouse décorative et comprit vite qu'elle n'était pas maternelle, elle exigea une nourrice pour s'occuper du bébé.

Elle dépensait sans compter, Eulalie essayait de la calmer, elle l'aimait assez, la comprenait, elles se ressemblaient, ne seraient jamais intimes. Elles adoraient les chiffons, la mode, avaient les mêmes sujets de conversations, marcher dans les bois. Eulalie avait la fibre maternelle qui faisait défaut à sa belle-sœur.

Marc, à part la gouvernante, ne voyait pratiquement qu'Eulalie, qui le prenait dans ses bras, lui chantait des chansons. Amandine le promenait dans le village, descendait la cote avec une poussette et se faisait admirer en maman modèle. Elle rendait visite à ses parents, abandonnait le tout, prenait le tacot et allait en ville. Elle rêvait de sa tante Berthe, de l'Amérique, de la maison de couture. Elle détestait ce village étriqué, s'ennuyait ferme et se demandait ce qui l'avait pris de revenir en Europe. D'accord, elle était amoureuse, mais zut, il était mort son Edgar, elle se morfondait avec Armand, dans cette grande bâtisse, il n'attendait d'elle qu'une chose, qu'elle lui fasse un autre héritier. Plus jamais ça. Ils avaient beaucoup fait d'exercice ce dernier dimanche, Armand était insatiable, elle se sentait si vivante, se trouvait belle, désirable, elle le rendait fou, il lui rappelait Edgar. Elle attendait de la vie un orgasme à répétition, pauvre Amandine.

Le lundi matin elle se réveilla avec des douleurs abdominales épouvantables, Eulalie lui porta des bouillottes. Le médecin accouru, il la fit transporter immédiatement à l'hôpital où elle décéda d'une péritonite aiguë, foudroyante.

Amandine était une morte magnifique, couverte de roses, elle embaumait, sa pâleur resplendissait, Armand et Eulalie la contemplaient sans y croire, elle ressemblait à une icône, extraordinaire.

La mise en bière se révéla difficile, toutes ces roses, cette beauté au fond de cette boîte capitonnée, Ottilie hurla de désespoir, Louis se ferma comme une huître. Eulalie et Armand se tenaient par la main, le regard vide.

3 Alberte

Elle se repose
Pourquoi s'agiter
Quand on peut l'éviter
Elle grignote morose
En gourmet raffiné
Un poulet bien rôti
Découpé et servi.

Un petit somme
Sur un coussin
Après ce délicieux festin
Rêver en gastronome
De destins autonomes
Tout aussi réussis.

Personne n'avait le courage d'annoncer la nouvelle à Alberte, Louis se décida une semaine plus tard, il avait averti la directrice. Alberte se tenait droite dans son uniforme, ne pleura pas, embrassa son grand-père sans un mot, pâle, si petite, si menue, si seule. Elle resta au pensionnat, ne voulut pas rentrer, ne mangeait plus, ne dormait pas davantage, ne pleurait pas. Elle passa un mois à l'infirmerie, incapable de proférer un son. Elle était muette de désespoir. Sa jolie maman qui ne l'aimait pas était avec son père qui lui l'aimait beaucoup, elle désirait mourir aussi pour les rejoindre, la vie n'avait plus de sens désormais.

Il y avait cet affreux petit frère, pas chanceux non plus, mais son père était bien vivant et s'occuperait de lui. Personne ne la voulait, abandonnée dans cet horrible pensionnat avec des sœurs glaciales et des compagnes toutes mieux loties qu'elle. Elle était orpheline de père et de mère, c'était infâme. La tante Julie vint la chercher avec Jacqueline. Sa cousine était affectueuse, sa tante ne savait plus quoi lui cuisiner pour qu'elle reprenne de l'énergie. Elle se mit à pleurer avec des hoquets désespérés, elle faisait pitié, c'était atroce de voir un petit être si frêle porter une douleur pareille. Elle n'avait pas la force de son malheur.

Les mois passèrent, les années, Armand reprit sa vie de célibataire, Eulalie élevait Marc.

Ottilie adorait Alberte, mais elle était triste comme Louis, la maison était lugubre.

La petite Alberte devint une adolescente délicate, bonne élève, rencontrait Marc de temps en temps, il la trouvait sympathique, mais ne la considérait pas de la famille, lui s'appelait Vigneaux, elle Delavrine. Alberte voulait étudier, enseigner des matières artistiques, elle dessinait bien, était très habile comme la tante Berthe.

Bill et Berthe étaient morts jeunes, dans un accident de voiture. Ils laissèrent leur héritage à la petite Alberte par l'intermédiaire de notaires et avocats, qu'elle pourrait administrer à sa majorité. Alberte ressemblait à sa tante Julie physiquement, mais elle avait le caractère de son père.

Ottilie décéda deux ans après sa fille, elle était diabétique, le chagrin la tua.

Louis, seul dans sa grande maison, prit une gouvernante d'une cinquantaine d'années. Il ne la choisit pas par hasard, il la fréquentait depuis des années, elle accepta le statut d'employée avec la promesse qu'il l'épouse, quand la bienséance le permettrait.

Alberte déversa toute son affection sur son grand-père qui lui aussi aurait donné sa vie pour la voir plus sereine. Cette enfant avait vécu un drame perpétuel, il espérait que finalement le malheur finisse une fois pour toutes.

La gouvernante s'appelait Esther, était l'opposée d'Ottilie, grande et forte, elle dépassait Louis d'une tête, avait un visage sévère, bien dessiné, et du caractère, cerise sur le gâteau, elle cuisinait comme personne. Elle prit en main l'organisation familiale, loua la moitié de la maison ce que Louis apprécia. Une aide s'occupait du ménage, Alberte trouva Esther la compagne idéale de son grand-père, elle lui donna un surnom : « Mamesse ». Esther avait été mariée au cuisinier d'un grand restaurant de Dijon ; rappelé sous les drapeaux il fut tué à Verdun. Elle était rentrée dans son village natal avec sa minuscule retraite de veuve. Elle travaillait à temps partiel dans une petite taverne où Louis avait ses habitudes. Il était petit de stature, très droit, bien de sa personne, sans complexes, il adorait les femmes de grande taille. Esther n'était pas de celles qui tombent dans les bras du premier venu, souriait rarement, pas du tout coquette. Ottilie était menue, fine, une poitrine opulente, très féminine. Les épouses de Louis contrastaient physiquement, mais plus encore par leur caractère. Ottilie était discrète, laissait à Louis la direction de la famille, elle exécutait les ordres impartis. Mais ils ne s'étaient pas choisis, leurs parents les avaient mariés.

Esther plaisait beaucoup à Louis, cette grande femme de dix ans sa cadette, au corps harmonieux bien caché sous des blouses noires informes et des tabliers couvrants, lui offrait des nuits qu'il savait apprécier, car elle n'était pas prude et savait se faire amoureuse dans l'intimité de l'alcôve. Elle avait horreur des démonstrations d'affection, des embrassades, Alberte lui donnait des accolades qu'elle ne rendait pas. Elle n'avait pas eu d'enfants, n'était pas en émoi devant les bébés, mais cette adolescente ne lui déplaisait pas. Elle devint le chef de famille, Louis bricolait dans son atelier avec les menuisiers, à midi sonnant il était à table et dégustait les merveilles que concoctait son Esther. Pour la première fois, il réalisait son idéal de vie, une bonne table, la volupté, une maisonnée reluisante de propreté et une petite-fille affectueuse.

Il craignait, en se remariant, de perdre l'affection d'Alberte qu'il savait très attachée à Ottilie. Ce ne fut pas le cas, Alberte appréciait le fait qu'Esther ne faisait jamais semblant d'être ce qu'elle ne serait jamais, un substitut d'Ottilie, l'unique grand-mère.

Alberte lui parlait d'Amandine, qu'Esther n'avait vue qu'en photo, elle ne s'immisçait pas dans la vie privée passée ni de son mari ni d'Alberte.

Elle était gracile comme sa grand-mère, avec le visage de son père, la mâchoire carrée des Delavigne, un nez fin, une bouche souriante et grande, des cheveux abondants, châtain foncé, un caractère bien trempé (une éducation religieuse), un goût très sûr et des avis sans appel. Elle décida de continuer ses études, car elle enseignerait le dessin dans un collège. C'était clair. Louis insista tout de même pour qu'Esther apprenne à l'adolescente les rudiments de cuisine. Elle brodait, cousait aussi bien qu'Amandine, mais était plus imaginative que sa mère, elle peignait, dessinait, tricotait, mais serait morte plutôt que de toucher une casserole, elle avait un dégoût prononcé pour tout ce qui était l'entretien d'un ménage, elle rangeait ses affaires, ne laissait rien traîner, rien de plus. Les Ursulines ne plaisantaient pas avec l'ordre et la propreté, Alberte était irréprochable, on lui avait inculqué pendant 16 ans le respect des autres et de soi-même, sans passion, automatiquement comme un robot.

Esther essaya de l'intéresser aux sauces, aux feuilletés, aux pâtisseries, mais le don n'était pas au rendez-vous. Amandine regardait Ottilie goguenarde en son temps, sa fille en faisait de même avec l'épouse de son grand-père, elle se moquait éperdument de la gastronomie.

Coco et Kiki dormaient pour l'éternité dans le verger, elle n'aurait plus jamais de compagnons à quatre pattes, car elle partait en ville. Elle logeait chez une cousine d'Ottilie, célibataire, qui l'accueillit avec joie.

Elle ne croyait pas que l'on puisse être aussi heureux. Les Beaux-Arts, dessiner toute la journée, peindre, c'était le paradis. Les filles étaient rares, elle se sentait gauche dans ce milieu aux antipodes du pensionnat des Ursulines, de sa campagne. Mais elle aimait dessiner plus que tout et se moquait du reste.

La première année était consacrée au nu féminin, elle découvrit les corps de femmes opulentes, l'art des ombres et des lumières, à regarder et comprendre vraiment, ne pas se contenter de voir, mais à donner vie à une simple esquisse, c'était magique. Elle avait honte de ses premiers croquis, chaque jour ses yeux se remplissaient, sa main courrait à l'essentiel, avec ses craies, ses fusains, elle avait une prédilection pour l'encre de chine, les pinceaux de martre.

Elle ne se liait pas facilement avec ses camarades, trop timide, mais riait volontiers aux plaisanteries assez lourdes des futurs artistes en herbe. Ils auraient tous un destin exceptionnel, tous talentueux, le monde n'attendait qu'eux, pas de doute, la gloire serait au rendez-vous. Ils étaient jeunes et fougueux alors on verrait ce qu'on verrait...

Elle rentrait chez son grand-père une fois par mois, le contraste était reposant. En descendant du tacot, elle parcourrait le sentier qui la conduisait au cimetière, elle allait faire le point avec Amandine et Ottilie, leur parlait de sa nouvelle vie, n'était pas triste, elle les sentait proche d'elle, plus le temps passait et plus elle les aimait. Elle les dessinait de mémoire, avec passion, au fusain, s'imprégnait de ses souvenirs, ne voulait pas oublier leurs traits, leurs expressions. Le soir avant de s'endormir, elle esquissait en pensée Ottilie, la figure en pied d'Amandine, Coco sur son coussin, le regard de Kiki. La photo d'Edgar la fascinait, elle aimait cet homme comme elle n'aimerait plus jamais personne. Elle ne savait pas le représenter, elle avait essayé maintes fois, sans succès, c'était désolant. Elle avait fait reproduire son unique photo en dizaine d'exemplaires. Le nom de son père figurait sur le monument aux morts de sa ville natale, elle vénérait sa mémoire.

Ses visites au cimetière n'étaient pas morbides, elle en avait besoin pour se recueillir en s'isolant. Elle revenait lentement au village, allait voir son frère qui l'embrassait, elle lui montrait ses dessins, il avait aussi hérité le don d'Amandine. Il était touchant, avait un petit visage fin comme sa mère, les cheveux clairs de son père et de longues jambes. Marc à dix ans était de la même taille que sa sœur aînée.

D'après les cartons, l'année de ses dix-huit ans Alberte posa chez un photographe, elle portait une robe légère fleurie avec un petit col blanc, était coiffée d'une queue de cheval, elle ne souriait pas, les yeux vides, un livre dans les mains, son menton volontaire faisait comprendre qu'on avait qu'à bien se tenir, elle était là, bien présente. Une autre photo amateur la montre coiffée d'un chapeau, elle rit aux éclats, méconnaissable. Elle avait le corps de sa grand-mère, très menue et une poitrine visible, le derrière d'Amandine, le visage Delavrine. Elle chaussait des escarpins à talons et une montre-bracelet.

Armand, son beau-père Vigneaux, lui fit don des bijoux de sa mère. Elle porta toute sa vie l'alliance du premier mariage avec les lettres E A et la date de leurs noces, la montre de son père qu'elle considérait son bien le plus précieux.

Son petit frère Marc était un enfant tranquille, calme, frêle, jamais malade. Il grandissait à vue d'œil, mangeait peu comme sa sœur, dessinait et n'était pas bon élève.

Il était en pension chez les Jésuites, avait cet endroit en horreur, têtu comme une mule, il ne cédait jamais aux ordres donnés, était par conséquent toujours puni. Cet endroit représentait pour lui la prison, il pleurait désespérément au moment de devoir y retourner après les vacances.

Une photo attira mon attention, un jeune homme aux yeux clairs, en chemise polo, regardant droit devant l'objectif avec un sourire charmeur, je le reconnaissais et comment, il s'agissait de mon père, à moi, la narratrice, l'amoureux d'Alberte.

Elle vivait chez la cousine Charlotte, surveillante de sa protégée, sous sa responsabilité. Pas question de sortir le soir, sans exception. À telle heure l'école se terminait, à telle heure elle était de retour. Elles écoutaient la radio en dînant d'une soupe aux légumes, puis Charlotte crochetait et Alberte racontait n'importe quoi de la journée écoulée.

Elle avait une amie, Marthe, une ancienne camarade de classe, même âge, même parcours. Toutes deux orphelines, à peine sorties du pensionnat religieux, désirant devenir professeur de dessin dans un collège.

Elles n'avaient pas la foi pour les aider à supporter le lourd fardeau de leur condition. La foi, le baume éventuel, ne peut s'inventer. Les familles Dubuisson et Delavrine n'étaient pas croyantes, mais fréquentaient les églises pour les baptêmes, les communions, les mariages et les enterrements, quelques messes de minuit par tradition. Personne ne s'insurgeait contre les prêtres, mais pas de vocation ne serait toléré dans les familles non plus.

Alberte à la mort de sa mère priait encore quelquefois, elle se sentait si seule, Ottilie était écrasée par ses larmes et la serrait dans ses bras sans réussir à la réconforter. Louis n'aimait pas le principe religieux, il en faisait un problème personnel, ne pardonnait pas les offenses, n'aimait pas forcément son prochain, mais lui s'aimait assez, même beaucoup, ne sanctifiait pas le nom du Christ, n'acceptait pas les épreuves de la vie, en avait horreur, succombait toujours à la tentation et se fichait de l'enfer.

Pas mécréant non plus, jurant rarement, que le curé fasse son métier, il ne l'enviait pas, le pauvre.

Des familles comme des milliers d'autres, assimilant les cérémonies religieuses avec les banquets familiaux autour de tables bien garnies et surtout bien arrosées, les parents de troisième génération que personne ne connaissait, etc. Alberte se souvenait avec horreur de l'enterrement de sa mère, du repas qui suivit la cérémonie religieuse, le cimetière, tous les hommes étaient rouges d'avoir trop bu, les rires qui fusaient étouffés après le café et le cognac. Elle aurait volontiers fait sauter une bombe pour tous les tuer, ces bâfreurs de malheur.

Elle était jeune, et ne comprenait pas l'importance de ces repas, qu'elle jugeait irrespectueux, surtout à la campagne, où tout le monde connaissait tout le monde, et participait à la première personne au malheur des autres, que le vin, le rôti de porc, la purée les rassemblaient et que, pendant une heure, on se retrouvait entre parents proches, chacun avec son poids à supporter. Qui sera le prochain ?

Marthe et Alberte devinrent inséparables, s'invitèrent à tour de rôle chez leur logeuse, Marthe habitait avec la sœur de sa mère. C'est ainsi qu'elle a rencontré Charles, l'homme aux beaux yeux de chat, à peine démobilisé, en civil après sept ans passés dans la marine. Il étudiait, et travaillait dans une usine pour aider ses parents. La tante de Marthe avait un regard de louve protectrice quand elle parlait de son fils, elle l'avait couvé dès sa naissance et les sept années d'absences lui avaient troué le cœur. Elle n'avait jamais compris la raison de son engagement à quinze ans sur un bateau-école, à Brest, loin de siens. Pourquoi vouloir s'enfuir si loin ?

Moi, je le sais, j'en parlerai plus tard.

Rien ne se faisait rapidement à cette époque, les deux tourtereaux s'étaient regardés pendant deux ans, Alberte avait le cœur battant, Charles aussi, mais ils se taisaient.

Marthe et Alberte terminèrent leurs études et obtinrent le diplôme tant convoité qui leur permettait d'enseigner, surtout de devenir indépendantes. Alberte fut la première femme de la famille à s'émanciper par le travail, à part la tante Berthe, elle en était très fière. Ne pas peser sur son grand-père qui ne lui en demandait pas tant, le maître mot dans son esprit INDÉPENDANCE économique. Plutôt mourir que de se marier comme sa mère avec un Vigneaux, cet inconnu qu'elle n'aimait pas, insensé. Il était sympathique, son beau-père, mais le mariage avait été organisé comme celui de sa grand-mère Ottilie

Amandine avait dû se bagarrer pour épouser Edgar, s'il le fallait, elle aussi ferait tout ce qu'elle pourrait pour vivre avec quelqu'un, par amour, uniquement.

Elle trouva du travail dans un collège, comme elle le désirait ainsi que Marthe, elles décidèrent de louer un appartement. Elles étaient majeures, avaient hérité de l'argent à la suite du décès de leurs parents et toucheraient un salaire, modeste, mais qui leur permettait de se suffire à elles-mêmes. Son grand-père demeurait son tuteur économique et signa le contrat et le compte en banque de sa petite-fille.

Elles dansaient comme des folles dans le petit appartement. Alberte emprunta des meubles chez son grand-père qui se hâta de lui fabriquer, lui-même, un buffet de cuisine, une table, une commode en marqueterie ouvrable, en marbre à l'intérieur avec un joli miroir.

Elles occupaient deux chambres, une grande pièce, cuisine, salle à manger, salon, un petit cabinet de toilette et les W.-C. dans le couloir d'accès à leur seul usage, le luxe en quelque sorte.

Elles se lavaient dans une cuvette avec un broc assorti en faïence décorés de feuillage bleu, elles vidaient le tout dans un seau d'aisance en émail blanc, puis au fond du couloir. Les salles de bain étaient encore loin à venir.

Elles disposaient de leurs journées, enfin presque, leurs élèves n'étaient pas de tout repos, considérant le dessin comme une récréation, peu de talents se révélaient. Les enfants étaient souvent fatigués après les heures de latin, de math, grec, etc.
Ils étaient distraits et Alberte était déçue des résultats obtenus, révélateur d'un manque d'enthousiasme manifeste. Elle tenta de les intéresser à l'histoire de l'art, de leur raconter en quoi consistait la vie des artistes des siècles passés, des regards vides la contemplaient, elle se sentait impuissante devant leur peu d'intérêt flagrant.
Quand elle était chez les Ursulines, elle aurait donné des heures de récréations pour qu'on lui raconte la vie de Michel-Ange, de Van Gogh, Courbet. Marthe, elle non plus, ne brillait pas

d'enthousiasme pour son choix de carrière.

Alberte dînait de temps à autre chez la tante de Marthe, elle y rencontrait l'homme aux yeux de chat. Il jouait de la guitare, étudiait tard dans la nuit, se levait de table immédiatement après le repas. Il lui souriait, sans plus, son cœur à elle battait la chamade, elle rougissait en maudissant celle calamité. Marthe lui racontait comment vivaient ses oncles et tantes. Marie Louise était gaie, son époux Jules réservé, Charles adorait ses cousins, mais n'était pas expansif ni bavard. Marthe ne tarissait pas d'éloges sur sa tante Marie Louise, qui n'avait qu'un défaut, interdiction de toucher à son fils chéri. Marie Louise s'était rendu compte qu'Alberte était amoureuse de son trésor, elle faisait mine de ne rien comprendre. Elle était une jardinière chevronnée, connaissait les remèdes par les plantes, les tisanes, chantait à tue-tête, Charles et sa mère avaient un répertoire de complaintes aussi vaste que le plaisir qu'ils éprouvaient à les exprimer dans la longueur de strophes interminables. Alberte ne partageait aucune de ces passions, mais n'écoutait avec intérêt que les chanteurs en vogue à la radio, un jeune Tino

Rossi, Jean Lumière, Marie Dubas et son doux caboulot, Mireille la coquine, papa n'a pas voulu, Lucienne Boyer, parlez-moi d'amour, redites moi des choses tendres, Berthe Silva et ses chansons tragiques, les roses blanches. Elle chantait faux, ce n'était pas son truc, dommage.

Les deux jeunes femmes adoraient le cinéma, les acteurs, les actrices, la jolie Annabelle, Arletty et son accent gouailleur, sa beauté, Jean Pierre Aumont, les Américains, béates devant Clark Gable dont elles avaient punaisé la photo découpée dans un magazine.

Alberte rentrait toutes les semaines chez son grand-père, souvent accompagnée de Marthe. Esther se donnait beaucoup de mal en cuisine, elles racontaient leur vie citadine, le cinéma, le collège, les collègues, mais évitaient prudemment de parler de leurs sentiments.

Louis s'inquiétait que ces deux jolies filles ne soient pas sollicitées, lui aurait déjà craqué, les temps avaient bien changé, les hommes n'étaient plus à la hauteur...

Le cousin favori de Charles vint vivre chez sa tante Marie Louise, il avait trouvé du travail dans une administration, garantie, comme l'enseignement, d'un salaire et d'une future retraite. Les deux garçons s'entendaient comme larrons en foire, complices pour la vie. Il s'appelait Serge Bergeron, très brun, de beaux cheveux ondulés, un regard de braise, le sourire éclatant, débordant de vitalité. Marthe ne rêvait plus que de Serge et Alberte de Charles, elles étaient amoureuses pour la première fois, éperdument. Les deux garçons n'étaient pas encore prêts à s'engager, ils butinaient, les deux jeunes filles connaissaient leurs fredaines grâce à Marie Louise qui les gardait sous sa protection.

Serge fut le premier à céder à la cour de Marthe qui prenait au sérieux les engagements, ce qui n'était pas son cas, aucun jupon ne lui échappait (pas vu, pas pris, sa devise).

Il avait plusieurs fiancées, une brune, Marthe, une rousse, Margot et la blonde Louison. Margot, fidèle à la réputation sulfureuse des rousses, était la maîtresse en fait, Louison la réserve pour sa douceur, Marthe la future épouse.

Charles était frileux, passait des examens, ne s'engageait pas, il accompagnait Serge et Marthe au cinéma avec Alberte, ils se baignaient ensemble, sans plus. Alberte était désemparée dans son amour à sens unique. Elle flirtait avec le jeune prof de math, sympathique, mais sans élan, elle n'envisageait rien avec ce blondinet. Il n'avait pas des yeux de chat, le pauvre. Marthe parlait souvent du prof de math d'Alberte devant les garçons et finalement Charles l'invita en tête à tête au restaurant.

Leur histoire, je la connaissais par cœur, narratrice informée et pour cause je m'appelle Amandine, mais ne ressemble pas à ma grand-mère maternelle. Les cartons étaient pleins à craquer de tous ces personnages, j'ai raconté ce que j'ai cru comprendre du passé de ma mère, je dois libérer la grande maison, le courage me manque, j'y suis très attachée.

Je peux raconter la suite, grâce à la chronologie des albums photos et des livrets de famille, un éternel recommencement, rien ne change vraiment, les amours, les deuils, mère et fille ont vécu des destins semblables au cours des générations, des vies courtes.

Nous en étions au moment où Charles terminait ses études et passait des concours dans diverses branches d'administration, il choisit les finances, inspecteur des finances. Une première marche dans l'ascenseur social, un père cheminot, une mère au foyer, fille de fromager, un salaire assuré, vacances comprises, un métier comme un autre après tout, les impôts, il faut les payer, n'est-ce pas ?

Alberte enseignait sans enthousiasme en se disant qu'elle s'était fourvoyée dans une vraie galère, mais toujours la sécurité de l'emploi en contrepartie. Orpheline de la Nation, étudiante chez les Ursulines, les Beaux-Arts, grâce à Louis qui l'a entretenue, avait-elle le choix, consciente de ses limites, car le don ne voulait pas dire du talent, hormis le dessin rien ne l'intéressait vraiment, surtout pas employé de bureau.

Charles et Alberte sortaient en couple, souvent accompagnés de Marthe et Serge, ils décidèrent de se marier. Serge fut le premier à convoler avec un banquet et une fête mémorable, Marthe jubilait, elle tenait en main son gaillard de mari. Charles le suivit de près, ils partirent les quatre en voyage de noce dans la capitale, se photographiaient, s'extasiaient et s'aimaient.

Charles fut nommé dans une ville de Bourgogne, Alberte obtint son changement, soulagée de quitter le collège, espérant trouver des élèves plus coopérants dans sa nouvelle fonction. Elle s'appelait désormais Madame Nesseau.

Marie Louise se retrouva esseulée avec Jules retraité, les garçons étaient loin. Elle avait gagné deux filles, mais son Charles lui manquait ainsi que Serge. Ils chantaient tous, s'aimaient, riaient, se comprenaient, le peu de moyens était secondaire. Elle était fière de leur situation économique, ils auraient une vie meilleure que la leur, elle se consolait en cajolant son chat, en sarclant le jardin communal, en plantant des fraisiers et de magnifiques pavots roses en toute innocence. Jules fumait en continuation, pas une photo de lui sans sa cigarette, de caractère accommodant il se laissait bousculer par son épouse qui l'obligeait à bêcher, nettoyer le plant de haricots verts, élaguer les arbres fruitiers. Il retrouvait ses anciens collègues au café, ils buvaient tous un peu trop de vin rouge d'Algérie, rentrait dîner d'une soupe de légume, de fromage, d'une pomme en écoutant les informations à la radio, puis, après les remontrances dues à son élocution chancelante, ils allaient se coucher, le chat blotti au fond du lit sur la bouillotte. Ils ne se parlaient pas,

Marie Louise était furieuse de le voir s'abrutir comme son père quand elle était jeune, elle ne pardonnait pas.

Charles et Alberte habitaient à trois heures de train, Marthe et Serge à proximité.

Les meilleures années de sa vie, Alberte les a vécues au début de son mariage. Ils écrivaient deux fois par semaine à leurs parents, j'en ai des dizaines bien conservées, très détaillées, le temps, le froid, les repas, rien ne manque, mais il n'était jamais question de travail.

Le collège avait changé pour Alberte, pas les élèves. Elle prenait son mal en patience, car elle avait de nouvelles collègues avec qui elle entretenait de vrais rapports amicaux.

Charles s'entendait très bien avec les siens, il y avait de nombreux anniversaires à fêter, on invitait aussi les épouses. Ils n'avaient jamais été aussi détendus.

Louis leur avait confectionné tous leurs meubles avec son équipe, il avait même préparé un petit lit rose avec sa commode, sait-on jamais.

Ces années passèrent vite et pour le mieux. Le confort s'était installé dans leur appartement, un premier étage ensoleillé, une chambre, une cuisine, la salle à manger, un débarras et un vrai cabinet de toilette, W.-C., lavabo. Pas encore de baignoire ou de douche, mais le standing s'améliorait. Alberte, grâce à ses oncles et sa tante Julie, possédait un trousseau fait de douzaines de draps, linges, nappes de lin, etc. Ils se sentaient citadins, ravis de vivre dans un cadre agréable.

Un fleuve traversait la ville avec un grand pont et des promenades romantiques le long des berges, des boutiques ravissantes occupaient la rue centrale, que désirer de plus.

Mais voyons, ce que tous les grands-parents attendaient du jeune couple, des petits-enfants. Ils n'étaient pas encore prêts à mettre au monde leur descendance, ils jouissaient de cette période calme et s'y trouvaient parfaitement à leur aise.

Serge et Marthe dans la même situation, ne voulaient pas d'enfants dans l'immédiat, une belle vie tranquille puis on verra.

La tante Julie et Jacqueline vivaient une situation difficile, Alberte avait, depuis toujours, un rapport affectueux avec sa cousine qu'elle ne voyait pas assez souvent.

Elle était venue leur rendre visite dans le nouvel appartement, et aider Alberte à le décorer. Elles avaient tapissé tous les murs et, avec l'aide de Charles, qui n'était pas bricoleur, repeint les plafonds, elles cousirent des rideaux, des dessus-de-lit, des monceaux de coussins. La pièce maîtresse était le salon-salle à manger, rien ne devait détonner : un divan-lit et deux fauteuils en velours vert amande et vieux rose dans le fond, la grande desserte surmontée d'un miroir où se reflétaient les bougeoirs en argent, une table de huit places avec rallonges, huit chaises capitonnées de reps à fleurs roses, un énorme tapis persan, cadeau des oncles, des plantes vertes grimpantes, des rideaux croisés. Elles admiraient leur travail, elles avaient les mêmes goûts, les mêmes expressions, se ressemblaient comme des jumelles.

Jacqueline était fiancée depuis quelques mois, ravie de se marier et de fonder une famille. Elle avait souffert du divorce de ses parents, très mal vécu la situation, seule avec sa mère. Tante Julie était une femme exigeante, très aimante avec sa fille, implacable en cas de désaccord, son mari ne la supportait plus et se remaria avec quelqu'un de plus malléable, que Jacqueline considérait stupide et mal élevée.

Elles se séparèrent avec effusion, Alberte était désolée de la voir partir et se mit à rêver d'une grande belle-famille pleine d'enfants. Charles était moins enthousiaste, trouvait leur situation actuelle idéale.

L'histoire, tout à coup, changea le panorama dans lequel vivaient les Français. L'Allemagne, Hitler, personne n'y croyait vraiment, un fou que Chaplin avait représenté dans « Le dictateur ». Les Français étaient forts, c'était connu, mais la guerre de 14 avait laissé des séquelles, Alberte n'oubliera jamais le Chemin des Dames et n'était pas la seule. Ce n'était pas possible que tout recommence, pas ça.

Charles et Alberte vivaient en zone libre, leur famille en zone occupée.

Je ne parlerai pas de la guerre en général, mais comment les citoyens supportaient le quotidien. Les Allemands occupaient les lieux, partout. Serge partit en Allemagne, prisonnier dans la campagne rhénane, Charles, ex radiotélégraphiste dans la marine, se retrouva chargé des contacts avec les forces alliées dans les locaux tenus secrets. Alberte découvrit qu'elle était enceinte ainsi que Marthe, à trois mois d'intervalle.

Il existe des photos d'Alberte, le long du fleuve, très élégante dans un manteau clair, chapeauté, exhibant un ventre de belles dimensions. Le moment était mal choisi, en pleines restrictions alimentaires, pas de caprices gastronomiques autorisés.

Alberte donna naissance à sa fille, une nuit de mars, à la maternité, après une course folle en bicyclette et un labeur de sept heures. Ils espéraient un garçon, la jeune maman exténuée pleurait à chaudes larmes, donc pas de François, ce sera Amandine, moi, pour vous servir. J'ai déçu mes parents à ma première apparition, la guigne en quelque sorte.

Marthe avait eu, elle aussi une fille, accompagnée de Marie Louise et de Jules, elle avait péniblement accouché d'un bébé de deux kilos et demi, ils l'aidèrent à son retour à la maison, elle en fut éternellement reconnaissante.

Les nouveaux grands-parents attendaient des nouvelles de la petite Amandine, Charles écrivait de longues lettres détaillées, la pesée, l'alimentation, l'évacuation, rien ne manquait. Grâce à la tante Julie et aux oncles, la layette était fournie, Jacqueline et sa mère avaient brodé pendant des mois des lapins et des chatons sur les brassières et les molletons. Les bébés étaient emmaillotés, rien ne devait dépasser, que les mains qui s'agitaient et rendaient folle Alberte.

Ils étaient une vraie famille dans une ville paralysée par la présence des occupants. Les coupons, les tickets, la queue dans les magasins, plus de fromage, de crème comme chez le grand-père Louis, devenu arrière-grand-père.

Jacqueline était malade de la tuberculose, contagieuse, elle quitta sa mère et ses oncles pour se faire soigner dans in sanatorium des environs. Ses écrits étaient poignants, elle ne parlait pas de ses problèmes, elle demandait des détails sur la petite Amandine, sa filleule, déclarée à l'état civil, Amandine Jacqueline Louise.

Le clan Delavrine était dévasté, car Jacqueline décéda peu de temps après sa dernière lettre. Elle survolait sur sa maladie, les pneumothorax, elle se voulait positive. Tante Julie perdit pied, la réalité lui échappait, elle, le pilier fort des Delavrine, s'écroulait.

Personne ne pouvait se déplacer, les obsèques eurent lieu sans la présence affectueuse d'Alberte qui se trouvait perdue loin des siens, une rage l'habitait, tous ces morts...

Avec Jacqueline les affinités étaient telles, qu'elles n'avaient plus besoin de se parler pour se comprendre, les mots étaient inutiles, elles se sentaient. L'avoir connu signifiait le cadeau que lui avait fait l'existence, limité dans le temps, précieux.

Bébé Amandine dormait, mangeait béate, mais sa maman pleurait sans retenue, c'était vraiment trop injuste, tous ses amours disparaissaient l'un derrière l'autre.

Alberte maigrissait et avait beaucoup de mal à s'occuper du ménage et de sa fille.

La fin de la guerre mettait en liesse la population et Alberte dépérissait, le diagnostic tomba, sec, maladie de Hodgkin, cancer des glandes lymphatiques, elle avait 28 ans.

Marie Louise vint les aider et bébé fut nourri à la bouteille. Tout devint difficile, la fatigue, les traitements, la mort de Jacqueline, elle se savait condamnée à long terme, n'en pouvait plus. Elle décida de se battre, elle vendrait très cher sa peau, pour sa fille, qui aura le même destin qu'elle, tout de même, gagner du temps si possible.

La mort rôdait, Jules décéda d'un cancer de la gorge, les oncles Delavrine de leucémie, l'un après l'autre.

Marie Louise vint vivre définitivement avec le couple et s'occuper de la petite-fille. Une surprise les attendait, le frère d'Alberte, Marc Vigneaux, travaillait comme biologiste à l'hôpital de leur ville. Il trouva un appartement au-dessus de celui de sa sœur et ils firent connaissance pour la première fois de leur vie. Il ressemblait à son père, grand et mince, les cheveux blonds très courts, un sourire amical, un caractère accommodant et un hobby qui faisait l'unanimité il adorait cuisiner. Pas n'importe quoi, des mets raffinés compatibles avec les restrictions. Il cueillait des champignons avec son père le pharmacien, sa tante l'avait élevé, la prunelle de ses yeux le bambin grandit équilibré, la joie de vivre incorporée, inconnue dans la famille Vigneaux, peut être un gène d'Amandine.

La maladie de sa sœur le consternait, il connaissait cette maladie et suivait de près les progrès dans ce domaine. Peut-être pourrait-elle survivre six ou sept ans avec les rayons, mais dans quel état. Il la mit au courant, ne lui cachant pas les difficultés et comment l'affronter. Elle avait étudié, sur des livres de médecine, tout ce qu'un profane pouvait comprendre. Il lui jura qu'il sera toujours à ses côtés, ils iront le plus loin possible ensemble.

Charles n'était pas aussi aguerri qu'eux, son père venait de mourir, il travaillait de nouveau aux impôts, la maladie de sa femme le bouleversait, il broyait le noir, sombrait dans une dépression qu'il noyait dans les apéritifs et les cigarettes. Il ne réagissait plus, régressait, la présence de sa mère n'y était pas étrangère.

Alberte ne supportait plus sa belle-mère, elles n'étaient pas compatibles, mais avait besoin d'aide, Amandine adorait sa grand-mère qui était très affectueuse.

Le clan familial vivait au jour le jour. Marc cuisinait des merveilles que sa sœur s'efforçait d'avaler, mais que Charles appréciait, ô combien! il remarqua que son beau-frère ne lésinait pas sur la qualité des vins qu'il était le seul à boire.

Il fallut hospitaliser Charles pour une cure de désintoxication, pendant que son épouse, dans le même établissement, subissait une nouvelle thérapie.

Marie Louise, seul maître à bord, jouait avec Amandine, chantait à tue-tête des chansons comiques qui amusaient la petite. Marc préparait les repas, car ni Alberte ni Marie Louise n'étaient des cordons bleus.

Les époux se retrouvèrent, plus amoureux que jamais, ils étaient fous de leur fillette, Marie Louise se fit plus discrète. L'éducation de sa fille devint la priorité d'Alberte, elle s'y consacrait avec passion. Amandine était très entourée par des adultes aussi fragiles qu'attachants, elle vénérait son père, se faisait cajoler par sa maman, oncle Marc lui faisait de jolies figurines en papier et Marie Louise lui apprenait à compter en chantant.

Une image de famille idéale, vue de loin. La course contre la montre les poursuivait. Ils ressemblaient à des coureurs de ski de fond, endurance, encore et encore, mais ils ne gagneraient pas de médailles.

Alberte réagissait d'une manière très personnelle, indifférente à SA mort, la narguait, lui parlait, c'était facile de gagner quand on était les plus forts, pas de quoi s'en vanter, infâme faucheuse qui m'a volé ma famille, ça m'est égal de partir, je veux donner le maximum d'instruction à ma fille, fiche moi la paix, laisse-moi au moins ça.

Elle avait l'énergie du désespoir, perdu 15 kilos, la peau sur les os, les yeux lui mangeaient le visage, les cheveux clairsemés et crépus. Il se dégageait de sa personne une aura magnétique, sa force était dans son cerveau, elle ne lésinait pas sur la qualité.

Mes souvenirs de ma mère sont exclusivement les derniers de sa vie, quand il ne restait d'elle qu'un petit être fragile, minuscule, mais avec un tempérament impétueux. Elle riait beaucoup, m'apprenait à coudre des boutonnières, faire les ourlets de ma jupe. Nous lisions ensemble des livres de la bibliothèque rouge et or, elle me dessinait des fleurs, moi des personnages. Elle dessinait bien ma prof, mais j'avais plus de fantaisie, j'imaginais des rois, des animaux, elle me faisait des poupées en papier et nous leur faisions des robes.

Elle se prit de passion pour la couture et me confectionna une robe, entièrement à la main, elle n'avait plus la force d'actionner la machine. Elle m'apprit à surfiler, à crocheter à ses côtés.

Mon père et mon oncle jouaient avec moi, mais ne m'ont rien enseigné. Marie Louise me racontait la vie des bêtes, les noms des plantes, des fleurs, mais je détestais jardiner, malgré sa bonne volonté, par contre j'aurais désiré avoir un chat et un chien, c'était impossible et le savais. J'avais une passion pour les cerises, parce qu'elles étaient belles, délicieuses et faciles à dessiner. J'ai encore le goût des légumes du jardin, je leur dois tout à ces années d'apprentissage, ces femmes m'ont tout donné et plus encore. Je les aime encore plus aujourd'hui, autrefois je les vénérais. Maman était émaciée, avait un physique improbable, elle n'avait qu'une trentaine d'années, la peau brûlée, jaunâtre, ridée, les cheveux en étoupe, les vêtements pendaient sur ses jambes osseuses, moi je la trouvais magnifique, elle était unique, personne n'avait une maman comme la mienne.

Je l'ai surprise une fois à pleurer, elle se croyait seule, elle lisait une lettre de la tante Julie. Elle me parlait de tout, de rien, m'expliquait et me préparait à son départ qui devenait imminent. Je rêvais qu'elle s'envolait comme un ballon, qu'elle disparaissait dans les nuages. Je n'étais pas triste, car vers la fin de sa vie j'attendais sa mort et j'avais tellement honte, je n'en pouvais plus.

Charles et moi étions à une cérémonie, je portais ma jolie robe confectionnée par maman, le téléphone sonna, Charles est parti, seul.

Quelqu'un est venu me chercher, on ne m'a pas ramené à la maison. J'avais compris et faisais semblant de faire l'enfant que je ne serais plus jamais. J'attendais qu'un adulte me dise le mot définitif, il fut dit. J'ai pleuré parce qu'il le fallait, mais j'étais morte avec elle, les larmes n'étaient rien, pire inutiles, grotesques.

Un enfant désespéré connaît la solitude absolue, le vide le poursuivra toute sa vie. Alberte, la femme de Charles, ma maman est morte, c'est fini.

Charles n'a pas eu le courage de venir me l'annoncer, il a délégué son cousin, le pauvre.

Marc la tenait dans ses bras, elle voulait se lever, elle est décédée à cet instant.

Nous nous sommes retrouvés, grand-mère, Charles, Marc et moi dans cet appartement qui ne signifiait plus rien. Il y eut la vie d'Amandine avant la mort d'Alberte et après le gouffre de l'existence qui venait de s'ouvrir.

Marc se maria avec une charmante créature que son père ne trouva pas à la hauteur de la famille Vigneaux, il aurait préféré élever le niveau social. Il rejoignit son père à la pharmacie, son épouse ne lésina pas sur la courtoisie à son égard. Armand et sa sœur vieillissaient comme ils avaient toujours vécu, ensemble, en harmonie, le jeune couple n'avait pas sa place dans ce cadre familial.

Marc acheta un grand appartement à proximité de la pharmacie, son épouse qui aimait beaucoup Amandine, l'invitait souvent pendant les vacances scolaires.

Charles sombra à nouveau dans l'alcoolisme, Marie Louise retrouva son fils pour elle seule, et élevait Amandine. Trois âmes perdues sur un radeau en plein océan.

Charles ne buvait que le soir des apéritifs qui estompaient l'angoisse, n'avait plus d'énergie, Amandine était terrorisée qu'il disparaisse aussi, se fichait éperdument de l'école, découvrait qu'être au monde n'était pas une sinécure. Elle était bonne élève, le devait à sa mère, elle serait fière d'elle. Plus personne ne s'intéressait à ses études, elle était seule avec ses pensées. La nuit, avec les adultes, elle se sentait vielle, Charles perdu dans ses souvenirs en compagnie de sa mère, elle ne pouvait conter, dorénavant que sur elle-même.

En l'espace de trois ans, une hécatombe s'abattit sur la famille, l'un après l'autre Esther, Louis, Serge, Julie, Eulalie, les oncles,

Armand disparurent.

Les survivants ressemblaient à des zombies, les enfants en subissaient les conséquences.

Je reprends la parole, cette période fut trop sombre, j'ai mis quarante ans à faire le deuil, formule consacrée pour ne rien dire. Ça n'existait pas, c'était un leurre, on vivait avec un trou dans la tête que nul ne comblera jamais, la force vitale vous faisait avancer, mais à un prix exorbitant.

Marie Louise décéda d'une crise cardiaque, le cœur brisé, son fils se remaria, il avait tourné définitivement la page des misères, de l'alcool et trouva une épouse qui lui plaisait. Il aimait sa fille, disait-il, je n'en doutais pas une seconde, mais j'avais aussi compris que je ne faisais plus partie de sa nouvelle vie.

Il fut heureux quelques années avec son épouse, un accident de voiture mit fin à l'existence de Charles.

Amandine brûla les cartons, les photos et livra la maison aux nouveaux propriétaires.

Que faire de tout ce qu'elle avait appris, elle avait un bagage lourd de malheurs en tout genre, Armand, le père de Marc s'était suicidé d'un coup de revolver, les infarctus, cancers, accidents avaient décimés ces familles, personne ne s'éternisait longtemps sur cette terre comme les ancêtres.

4 Amandine

Vivre un marasme
Qui ne servira à rien
Destin de l'homme
Tragédies connues,
Impérieuses, inutiles
Destins obligés

Amandine avait juré qu'elle vendrait cher sa peau, elle avait un crédit conséquent en héritage. Elle décida de ne jamais se marier, de voyager en travaillant au pair en Angleterre, elle obtint une bourse d'étude grâce à une de ses hôtesses d'accueil qui s'intéressa à ses projets. Elle deviendra décoratrice, graveuse, etc.

Elle adorait l'exubérance de ses camarades, qu'elle ne possédait pas, découvrait une musique délirante, elle fumait beaucoup, mais ne se droguait pas, buvait avec modération. Elle comprit qu'elle n'était pas allergique aux galipettes en compagnie de jeunes hommes ou femmes aussi dépourvus de préjugés que d'interdits. Elle était une femme libre, n'avait pas d'argent, subvenait à ses besoins en lavant la vaisselle, puis en décorant quelques vitrines, tout allait vite. Elle aménagea beaucoup de magasins à plein temps, elle gagnait suffisamment d'argent pour louer un studio, bye bye les petits boulots.

Elle rencontra Joanne qui vivait dans un grand appartement avec deux colocataires et devint la quatrième. Joanne lui faisait des avances très appuyées, elle ne s'offusqua pas et découvrit une nouvelle manière de se faire plaisir, pourquoi pas. Elles étaient très jeunes, les sentiments n'étaient pas de mise. Joanne tomba amoureuse du batteur d'un groupe de skiffle, genre Lonnie Donegan, et Amandine s'accommoda d'un merveilleux androgyne, garçon à l'origine, modèle d'un journal de mode.

Elle vivait à Pimlico avec John. Il était souvent travesti en Oscar Wilde, drôle, raffiné, flirtait avec ses collègues et conservait sa masculinité pour Amandine. Il avait une vitalité extraordinaire, qui estomaquait sa partenaire.

T. VII.
Pl. I.
Fig. 3.
Fig. 1.
A.
B.
Fig. 7.
Fig. 6.
Fig. 5.
Fig. 4.
Imprimerie en Taille Douce.

Elle rencontra un vieil homme d'une quarantaine d'années, elle en avait 22, il l'initia à l'eau-forte. La gravure devint la passion de sa vie qui ne l'abandonnera jamais. Le vieillard s'appelait James Malloway, était prof de gravure dans une école d'art très connue. Plus british que James, pas possible, à la limite caricatural, réservé, discret, aspirant les H comme personne. Il s'intéressa à Amandine à qui il trouvait beaucoup de talent en dessin à l'encre de Chine, elle avait un tracé personnel, reconnaissable, une forte personnalité. Il lui expliqua la complexité de l'eau-forte, comment maîtriser la technique. Il l'invita dans son atelier personnel, lui donna les clefs, elle pouvait disposer de l'espace à condition de respecter l'ordre qui y régnait, nettoyer les instruments, le matériel était sacré, elle suivait les règles, adorait ça.

Elle décorait les rayons de magasins chics, elle avait un contrat et un permis de séjour, Londres était très vivante, elle s'y trouvait à l'aise. Les gens qu'elle fréquentait étaient fous, faisaient n'importe quoi, les concerts foisonnaient dans les hôtels, les pubs. Elle dormait peu, travaillait beaucoup dans le studio de James, avec humilité, elle apprenait patiemment à utiliser l'acide nitrique à bon escient, dessinait sur des plaques de zinc avec des aiguilles de gramophone. Elle oubliait tout quand elle dessinait, elle venait de découvrir les ballades écossaises, les mettait en fond sonore, et continuait jusqu'à ce que ses pupilles brûlent de fatigue.

James était divorcé, père de deux garçons, dont il avait la garde. Son épouse s'était éclipsée avec un acteur de théâtre très connu. Il était blond, mince et solide, de taille moyenne, avait un sourire contagieux, des yeux de myope très bleus, des mains extraordinaires aux doigts longs et fins.

Amandine tomba amoureuse des mains de James, à la seule vue de ces paumes qui manipulaient savamment les feutres de la presse en soulevant délicatement le papier humide. Elle lui fit la cour, sans merci, il capitula après des mois de fréquentation de pubs, de restaurants chinois, indiens et des tonnes de curry très piquant.

C'était la première fois qu'elle éprouvait ce sentiment bizarre, peut-être était-ce de l'amour, du moins ça lui ressemblait. Les étreintes étaient délicates et respectueuses, rien à voir avec les ébats fougueux et athlétiques de John. James faisait tout avec lenteur, ne faiblissait jamais, il allait droit au but avec acharnement et beaucoup d'humour. Ils pratiquaient la passion gaie, pour elle inconnue jusqu'à ce jour.

Il l'invitait à dîner dans l'atelier, avec les bougies, les plats préparés chez l'Indien du quartier, mais présentés sur des nappes brodées, ils buvaient des vins français ou italiens dans des verres à pied en cristal. Ils parlaient et s'amusaient de bons mots, se gaussaient des ragots en circulation dans leur milieu. Ils se prélassaient sur l'énorme divan, sans se dévêtir et se retrouvaient au petit matin sous une couette, enlacés, avec l'envie de s'ébattre juste une dernière fois avant de partir au travail.

La vie était douce, Amandine ne dépendait de personne, elle venait de louer un petit deux pièces, modeste, mais avec une vue magnifique sur un jardin où poussaient des arbres exotiques qui la fascinaient. Elle ne possédait que l'essentiel, un lit, une table, des chaises et une quantité de tapis, coussins, elle se sentait légère, tenait à ne jamais s'encombrer.

Son matériel artistique était rangé dans un coffre en bois, chez James, elle pouvait changer de vie en cinq minutes.

James était la meilleure personne qu'elle rencontrait depuis longtemps, il lui plaisait physiquement, mais plus encore comme artiste. Leur idée du dessin différait, il représentait ce qu'il voyait, elle ne dessinait que ce qu'elle avait enregistré et assimilé. Il lui enseignait ses trucs personnels, les effets spéciaux, ils passaient des heures à discuter au sujet d'une plaque à développer, se comprenaient et s'estimaient infiniment. Il s'agissait d'une première pour tous les deux, un coup de chance incroyable.

Les enfants de James, sa vie privée, son appartement, faisaient partie d'un monde qu'il ne dévoilait à personne, Amandine y était étrangère, elle avait déjà subi ce sentiment d'exclusion quand son père s'était remarié, elle faisait semblant de ne pas y donner d'importance.

Il y eut les vacances, James partit avec sa famille et son ex-femme en Italie. Amandine travaillait d'arrache-pied pour gagner un peu d'argent et pouvoir s'offrir un voyage en France, à Paris, la Ville Lumière qu'elle avait peu visitée.

James rentra transformé, joyeux comme elle ne l'avait jamais connu, il chantait, l'invitait au théâtre, la serrait dans ses bras. Il lui avoua qu'elle était la femme de sa vie, mais qu'il ne se marierait plus jamais. Ses garçons étaient en pension dans une école privée, son ex, un lointain souvenir, il était libre pour la première fois depuis des dizaines d'années et, respirait finalement à pleins poumons un air de légèreté. Accepterait-elle de ne pas partager son quotidien, mais de continuer à se fréquenter comme par le passé ?

Elle adora James de ne pas lui demander sa main, bien sûr qu'elle était d'accord.

Ils ne voyageaient que rarement, allaient quelques fois en Cornouailles, en Écosse pour une exposition sur l'œuvre de Robert Burns, des promenades romantiques sur l'île de Skye, l'étranger était réservé aux enfants.

Amandine aimait se perdre dans les musées et marcher dans les bruyères de Braemar, boire du whisky dans les pubs de village, et écouter chanter les autochtones les chansons tragiques du folklore traditionnel. James était le compagnon idéal, mais pas l'amoureux de ses rêves. Il avait horreur des bises, qu'on le touche en public, il se raidissait. Heureusement, dans l'intimité il se montrait moins récalcitrant, mais Amandine ne ressemblait pas à sa grand-mère.

Elle était coquette, ne mélangeait pas ses vêtements au hasard. Tout ce qu'elle portait était réfléchi, les couleurs, les matières. Elle n'aimait pas les jupes longues, désirait se sentir à l'aise dans ses gestes. La simplicité lui coûtait une fortune, car elle ne lésinait pas sur la qualité et ses économies fondaient rapidement dans ces voyages en Écosse avec des Cachemire dans toutes les vitrines. Elle était incapable de résister.

James admirait son élégance, lui-même ne dédaignait pas les boutiques de tweed et tartans, ils étaient deux compagnons bien assortis.

Ils vécurent huit ans de la même manière quand Amandine fit la connaissance d'un graveur d'origine suisse, que James avait eu comme élève des années auparavant. Ses parents étaient anglais, mais il était né dans le Canton de Vaud, car son père était ingénieur dans une usine de montres de luxe dans la vallée de Joux. Ils habitaient un village près de Morges, à proximité de Lausanne. Amandine dévoila la provenance de sa famille jurassienne, il connaissait la région, car il possédait encore une maison dans laquelle il se rendait fréquemment. Il était fan de ski de fond, de cueillette de champignons, d'alpage et parlait le français avec l'accent prononcé de son pays natal. Il s'appelait Edward Green, ils échangèrent des adresses de restaurants, de vins du Jura, ravis de s'être rencontrés.

James était surpris de la complicité qui s'était créée entre les deux Jurassiens en si peu de temps.

Elle fréquentait encore James, ils se donnaient rendez-vous régulièrement dans un pub, parlaient français, riaient beaucoup et finissaient la soirée chez Amandine. Rien d'inconvenant ne se produisit, car Amandine ne jouait jamais de double jeu. Elle invitait souvent les deux hommes à dîner dans l'atelier de James, ils étaient tous les trois des graveurs de talent, ne vivaient que pour les plaques de cuivre ou de zinc, le pactole, les acides, les papiers spéciaux, ils utilisaient le même vocabulaire, les mêmes codes. Ils passaient des heures à examiner de nouveaux papiers, de nouvelles encres, des nouveaux moulins à papier faits main, les temps de trempage, etc.

Amandine découvrait qu'Edward ne la laissait pas indifférente, il lui plaisait même un peu trop, car elle avait du mal à respirer en sa présence, les mains moites, son cœur s'emballait. Elle était furieuse, car l'atmosphère de l'atelier avec les deux hommes était irrésistible, il ne fallait pas tout gâcher pour une exubérance hormonale.

Elle fréquentait encore John, de temps à autre, il était son complice et partenaire idéal, le bon copain sexuel, toujours prêt à rendre service et à lui faire voir des étoiles comme personne. Une question de survie, il s'exécutait avec joie pour sa chère Amandine en détresse.

Il n'était pas question de sentiments, John l'aidait à évacuer le désir qu'elle avait d'Edward, le système était tordu, mais la tension qui l'habitait retombait à un niveau acceptable.

Edward n'avait pas de John sous la main et n'était pas indifférent aux charmes de sa nouvelle collègue, bien sûr elle était la compagne de James, mais à la guerre comme à la guerre. Après une soirée bien arrosée dans le café du coin, il raccompagna Amandine chez elle, la déshabilla sur le palier et finirent sur le tapis du couloir à se délecter allègrement. Il avait l'amour joyeux, lui aussi, ce qui enchantait sa partenaire.

Elle avoua à James que leur relation battait de l'aile et qu'elle aimait un autre homme, qu'il s'agissait d'Edward.

Edward avait le même âge qu'Amandine, dans la trentaine, sans famille ni l'un ni l'autre, une infinité d'atomes crochus, un seul point délicat les mettait mal à l'aise, leur rapport avec James, à qui ils étaient très attachés.

Ce dernier apprécia la franchise des deux amoureux, il avait 22 ans de plus qu'eux et se rendait compte qu'ils étaient bien assortis, il conserverait leur amitié, trop liés les uns aux autres pour se perdre.

Amandine n'en revenait pas d'avoir autant de plaisir avec un homme, c'était nouveau, une sensation confuse, elle était amoureuse d'Edward, il lui faisait du bien. Il semblait connaître aussi intimement son corps que ses sentiments, c'était miraculeux. Elle aurait voulu se fondre en lui pour l'éternité.

Edward lui proposa d'aller dans le Jura et de lui faire découvrir sa maison natale, elle prépara ses bagages en chantant et ils partirent dans la mini Morris. Ils prirent le ferry à Douvres direction Calais où ils mangèrent des moules, ils arrivèrent dans le Jura en pleine nuit étoilée, en un joli mois de mai. Ils inaugurèrent le chalet comme il se doit, dans la région, sous la couette en duvet d'oie.

Elle lui raconta qu'à une centaine de kilomètres de ce village, provenait sa famille, de l'autre côté de la frontière des monts jurassiens. Ils iraient le lendemain en pèlerinage, Edward sentait à quel point Amandine avait la nostalgie de la maison de son grand-père, ils iraient au cimetière dans la ville où ses parents reposaient, il y avait beaucoup d'émotion et de morts à pleurer.

Ils visitèrent le fief Delavrine, celui Dubuisson, puis Nasseaux, les cimetières, la famille d'Amandine remplissait les allées. Elle pleurait à chaudes larmes, Edward la tenait dans ses bras, il comprenait sa douleur. Pour elle chaque tombe avait un visage, une voix, c'était épouvantable.

Elle décida de tourner cette page de sa vie, elle ferait tout ce qui était en son pouvoir pour que la nouvelle soit belle, plus de tragédies. À Arbois ils visitèrent la maison de Pasteur et regagnèrent la Suisse.

Elle lui parla d'Alberte, de sa grand-mère Amandine et du grand-père dont le nom était gravé sur le monument aux morts, celui qu'elle considérait son gardien spirituel, elle se sentait proche de cet homme, elle lui ressemblait. Sa Marie Louise qui l'a élevée, son père au regard magnétique, etc.

Edward écoutait, cuisinait, séchait les larmes, comment avait-elle vécu avant de le rencontrer ?

Il lui fit traverser la vallée de Joux, couverte de forêts mystérieuses, ils allèrent à Lausanne faire du shopping alimentaire. Amandine se sentait étrangère en France, en Suisse, n'était pas anglaise, qui était elle en fin de compte ?

Pas simple de tirer un trait sur le passé quand le présent était incertain, tout était à écrire ou presque. Les larmes séchèrent, mais le cœur était encore lourd, la présence d'Edward facilita le retour à Londres.

James les attendait et les accueillit chaleureusement et leur présenta sa nouvelle épouse, ils s'étaient mariés la veille.

Elle s'appelait Clementine, prof d'histoire de l'art, soignée, mince, pince-sans-rire, ils avouèrent avoir été des amants de longue date, intermittents en quelque sorte.

Amandine n'appréciait que relativement la révélation, mais comprenait la réserve de James qui se divisait entre deux femmes et avait des difficultés à les satisfaire comme il se doit. C'était du vaudeville, comique, mais vexant, Edward le savait et s'était bien gardé d'en parler à Amandine.

Il vivait dans un grand atelier, situé le long de la Tamise, l'habitation se réduisait à une chambre, une salle de bain garde-robe. Ils décidèrent de continuer à vivre chacun chez soi et de se rendre visite chez l'un ou l'autre, libres de décider de leur quotidien. Ils se marièrent et firent un long voyage de noces en Europe. Edward dessinait, faisait des croquis, Amandine prenait des notes, photographiait tout ce qui l'intriguait, un visage, un animal, un arbre, un nuage. Elle n'utilisait que le noir et blanc, elle ferait des eaux-fortes couleur sépia. Ils voyageaient dans la Mini, en Norvège, Suède, Allemagne, Hollande, Hongrie, Italie. Edward n'était pas riche, mais n'avait pas besoin de travailler, l'héritage de ses parents lui suffisait, sans faire d'excès. Amandine avait gagné très bien sa vie en décorant les magasins de luxe et comme Ed n'avait pas d'exigences extravagantes.

Un éditeur italien les contacta pour illustrer un roman moderne à l'eau-forte ou à la pointe sèche, tirées à 70 exemplaires, une trentaine pour Ed et une vingtaine pour Amandine. On leur joignait le texte du livre, connu dans le monde entier pour avoir été best-seller. Ils l'avaient lu et appréciaient l'auteur, ils contactèrent l'éditeur et prirent un rendez-vous avec l'écrivain.

Ce fut un véritable coup de foudre, un homme d'une soixantaine d'années, vivant dans un appartement tapissé de volumes du sol au plafond, le tout catalogué, en ordre, surprenant. Des milliers d'auteurs l'entouraient, il travaillait dans une petite pièce nue de décoration, une grande table, une gamme complète d'ordinateurs, tablettes, des cahiers par centaines, une lampe de bureau et un fauteuil confortable, une fenêtre donnant sur la cour. Il les invita à s'asseoir entre deux bibliothèques sur un divan design et offrit à boire et à grignoter, ils y restèrent jusqu'à trois heures du matin.

Il était intarissable et expliqua ce qu'il attendait de leur travail. Il avait entendu parler d'eux par l'intermédiaire d'un éditeur anglais, ami de James.

C'est de nouveau moi, Amandine, je reprends le fil du récit à la première personne. Donc, notre auteur nous détailla ce qu'il fallait considérer à la lecture de son roman. Les plans, l'intérêt de l'intrigue, nous prenions des notes, reconnaissant au de là des mots, de la confiance qu'il nous accordait.

Nous n'avions pas dormi de la nuit après cette entrevue, la ville était silencieuse, nous étions surexcités, incapables de penser à autre chose qu'au travail qui nous attendait. Personne n'avait imposé de limite de temps, nous savions, par contre, à combien était fixé le montant de l'offre qui nous était faite, la chance de notre vie, notre cadeau de mariage, il s'agissait, à nos yeux, de beaucoup d'argent.

Edward, d'ordinaire calme, commençait à s'affoler, il en allait de son prestige, il découvrait ses failles, un manque d'assurance inattendue. Grâce à une totale inconscience de ma part et à une complète indifférence au regard des autres, je trouvais mon bonheur dans ce challenge, des mois et plus de travail, le rêve de ma vie.

Nous avions des années de technique derrière nous, mais l'eau-forte n'est jamais un acquis définitif, ce qui fait aussi son charme, il faut la mériter.

Les idées et les croquis fusaient, les dessins préliminaires s'accumulaient et les premières plaques furent préparées avec un soin particulier, les aiguilles dans leur porte-plume de bois de tilleul n'attendaient que notre bon vouloir, le premier signe tracé, et le monde pouvait s'écrouler, plus rien n'importait hormis la concentration sur une feuille de zinc. Dessiner, pour Edward et moi, nous était indispensable, comme l'oxygène pour respirer. La méditation n'avait pas le pouvoir de la création, dans notre cas, nous étions absents et très présents à la fois, aucun besoin physique ne se faisait sentir, ni faim ni soif, le corps se taisait, après des heures en relevant la tête, il faisait nuit et tout reprenait sa place. Le souffle court, au moment de la première épreuve, sur le papier imbibé d'eau, la presse écrasait entre les feutres, des mois de travail, alors deux doigts propres soulevaient la feuille et le dessin se révélait. L'œil critique ne distinguait que les défauts, puis en examinant attentivement l'ensemble, l'enthousiasme renaissait, on corrigeait l'encrage ou la pression des rouleaux.

Seuls les traits comptaient, c'était bon ou mauvais, pas de milieu. Nous avons signé les contrats et nous sommes engagés à présenter les épreuves six mois plus tard, et de terminer les 50 planches en deux ans.

Edward avait horreur des travaux sur commande, il tenait à sa liberté d'expression et d'exécution. J'adorais les contraintes qui me stimulaient, je m'exaltais à l'idée de plonger pendant des années dans mes réserves imaginaires.

Nous étions des créateurs, entre l'artiste et l'artisan, il fallait dominer la technique ancestrale, et l'appliquer à notre époque, pour lui donner une validité actuelle, un effet unique. Personnellement je ne tirais que quelques exemplaires, cinq ou six, mais devant illustrer des livres le travail se révélait aussi long que très délicat. Je ne déléguais à personne l'imprimerie de mes plaques, car je pratiquais celle dite à la poupée, ma spécialité et ma responsabilité, pas de bavures, des traits nets bien estompés avec la tarlatane et la crêpe de soie.

Nous sommes rentrés irascibles, excités, James nous trouva insupportables, sa darling

Clementine s'extasiait en découvrant nos projets

Il fallut s'organiser, James me laissa l'usage de son atelier, il n'en occupait qu'une partie, Edward aimait travailler en solitaire, son matériel était sacré, intouchable. Nous vivions en couple, la nuit, dans mon petit appartement de Pimlico, nous ne parlions que de travail, nous nous écroulions de fatigue sept jours sur sept.

Nous allions au pub avant de dîner, une Guinness pour calmer la tension, souvent deux, un seul repas, le soir, et un petit déjeuner au lever.

James suivait l'évolution de nos créations, nous prîmes rendez-vous avec l'auteur pour lui faire voir nos esquisses et comprendre si nous étions sur la même longueur d'onde que lui.

James et Clementine firent partie du voyage, ils mouraient d'envie de rencontrer le fameux écrivain.

Il nous invita dans un grand restaurant sur les bords d'un joli petit lac piémontais. Cet homme était un enchantement, une culture phénoménale, un humour noir décapant, nous parlions tous en français, Edward riait beaucoup, James savourait cette rencontre exceptionnelle, Clémentine enregistrait chaque expression, elle était au septième ciel, et moi je me demandais si je ne rêvais pas.

Nous avons passé deux jours à sélectionner, éliminer et discuter. Nous avions besoin de repos, nous sommes restés dans un hôtel kitsch, au centre de Milan, pour visiter aussi le musée de Brera et celui d'art moderne. Nous avons dormi dix heures d'affilée, mangé comme des ogres, bu des dizaines d'espressos.

James et Clementine formaient un couple soudé, raffiné, cultivé, ils se ressemblaient, étaient craquants, je me demandais comment James avait pu vivre avec moi aussi longtemps, alors qu'il avait cette femme à disposition, je ne comprendrai jamais les hommes.

James m'invitait à déjeuner fréquemment, car il me voyait trop concentrée, toujours attentionné à mon égard. Il flirtait gentiment, m'embrassait volontiers, mais s'en tenait à des attouchements amicaux.

Edward se déchaînait moins souvent que par le passé, mais quand il prenait l'initiative, dans nos rares moments de détente, c'était le feu d'artifice, dû à la fatigue j'imagine, l'inhibition volait en éclat et nous brûlions nos dernières calories en partie de jambes en l'air. « Zipless fuck » aurait écrit Erica Jong. Après la bataille nous étions tellement fatigués que nous nous laissions aller totalement en riant comme des enfants. Nous étions heureux, simplement. Edward jalousait son indépendance et adorait notre arrangement, il avait ses habitudes et ses objets fétiches au milieu de mon bric-à-brac. Il affectionnait particulièrement la cuisine salle à manger, car le jardin fleuri entrait de plain-pied par la porte-fenêtre, à côté de son fauteuil préféré, dans lequel il lisait en buvant son thé au lait en mangeant ses céréales, ses saucisses grillées, il était anglais n'est-ce pas.
Nous parlions un langage étrange, franco-suisse anglais, il utilisait des expressions typiquement jurassiennes avec son accent vaudois et finissait sa phrase en anglais, do you mind, darling ?

Rien dans notre quotidien n'était banal, le calme après la tempête. J'avais toujours des cauchemars et hurlais en pleurant, mais les crises d'angoisse s'espaçaient, je souffrais encore de claustrophobie, d'agoraphobie, c'était devenu tolérable. Edward connaissait mes problèmes, me surveillait discrètement. J'étais en analyse chez un psychiatre depuis quelques années, cela m'avait beaucoup aidé à sortir d'une forme d'anorexie qui me collait à la peau depuis la mort d'Alberte. On ne pouvait pas avoir faim quand on ne pensait qu'à la mort, c'était évident, ma vie me faisait horreur, le fardeau familial s'estompait avec difficulté, merci docteur.

Le psy était un homme dans la quarantaine, j'aimais sa voix, son visage, sa manière de me parler. Ensemble nous avons effectué un travail exceptionnel. Les séquelles étaient toujours présentes, grâce à l'amitié d'Edward, James, Clementine, elles furent plus légères à supporter, ils prétendaient que je devais beaucoup à mes problèmes pour la création et ma compréhension des autres.

L'imagination s'était développée grâce au dessin, comme un muscle pour le sport, ce qui me servait d'exutoire. De toute manière, pas le choix, chacun portait son fardeau. Edward qui semblait si bien dans sa peau, se mettait à bégayer à la moindre tension existentielle. Il était né beau, dans une famille équilibrée, peu démonstrative, aimante. Ils l'avaient aidé dans ses études, ils sont morts relativement jeunes, dans la cinquantaine, lui avaient garanti une vie sans préoccupations financières et acheté l'atelier de ses rêves.

Il était jaloux de son espace, vivait avec ses souvenirs, les meubles, les objets de ses parents, tout lui rappelait son enfance. Il portait la montre de son père et m'a offert celle de sa mère provenant de la vallée de Joux. Je n'osais la porter de crainte de l'abîmer avec les acides et les encres. Il m'avait mis au doigt une bague qu'il avait dessinée et faite réaliser par un orfèvre, je ne la quitterai jamais, c'est le bien le plus précieux que je possède.

Un coffre à bijoux dans une banque en France contient mes reliques avec ces bagues, montres, chaînes, médaillons, bracelets et surtout les alliances. Je ne peux pas les porter, leur vue me rend malade, un autre cimetière, une autre tombe de famille dans ce caveau.

J'ai brûlé une partie des cartons, les lettres, et n'avais plus d'attaches profondes en France. Je ne savais pas ce que me réservait l'avenir, mais une chose était certaine, je n'avais aucune envie de renouer des contacts avec le passé. Le psy en savait quelque chose.

James et Clementine étaient les seuls vrais amis, que je considérais comme tels. Les enfants de James étaient désormais des adultes, très compétents, l'un était professeur de littérature à Oxford et l'autre avocat dans une banque.

Nous ne voulions pas d'enfants, adorions le mode de reproduction pour notre plus grand plaisir. Nous n'étions pas hostiles, mais pensions qu'il était préférable de nous abstenir de nous reproduire pour leur bien à eux, nous n'étions pas fiables, conscients de ne pas l'être. Nous ne nous désolions pas non plus de ne pas contribuer à l'évolution de la race.

Même un chien nous obligerait à nous organiser pour son bien-être, nous n'en avions pas le temps, ni peut-être l'envie. Poppy, la chatte occupait la chambre à coucher en exclusivité, guettait les oiseaux derrière les fenêtres de la cuisine, et nous concédait le privilège de dormir à ses côtés.

Nous avions travaillé d'arrache-pied aux premiers tirages en trois exemplaires de chaque plaque. Edward me fit imprimer en poupée quatre pointes sèches fabuleuses, pour mes archives personnelles, je les ai préférées couleur sépia avec un peu de noir, sublimes. Il était génial, cet homme, un talent extraordinaire, jamais satisfait. Je ne lui faisais que peu de remarques, car il se fermait comme une huître, et son mutisme était exaspérant.

Mes eaux-fortes avaient un format pleine page très travaillées. J'avais beaucoup de mal avec la presse de James et demandai à Ed la permission d'utiliser la sienne, il en refusait l'accès à qui que ce soit (Callot ou Dürer n'en aurait pas eu l'accès !). Mes finances ne me permettaient pas de louer un atelier et surtout d'acheter le matériel, la presse en particulier. Edward me donna rendez-vous à deux pas de chez moi, et m'invita à entrer dans un basement, vaste, avec, en contre-jour, une énorme presse et tout ce qu'un graveur utilise pour son travail, les diluants, les couleurs, les chiffons, les gouges et une clef attachée à un anneau gravé à mes initiales.

J'ai pleuré pendant des heures, c'était la première fois que je possédais mon matériel et que l'on me faisait un pareil cadeau, un bel hommage, il avait donc de l'estime pour son épouse. Nous avons immédiatement fait venir James et Clementine, nous avons bu des litres de champagne, j'ai rarement été aussi saoule, et j'ai vomi.

C'était le paradis, j'ai aménagé mon atelier, tout devait être à sa place, même un divan. Des capes aspirantes au-dessus des bassines d'acide, des rideaux pour éviter les reflets, il y avait beaucoup de fenêtres, peu de lumière, mais c'était parfait. Des lampes aux points stratégiques, une table de dessinateur vintage, un diffuseur de musique pour isoler les bruits extérieurs. Il suffisait de se mettre à travailler. Edward riait sous cape en soulignant que c'était le seul moyen de se débarrasser de son épouse.

Nous allions régulièrement à Milan pour discuter des dessins préparatoires. Notre écrivain vint nous rendre visite à Londres. Il logeait chez James, Clementine était une hôtesse attentive. James adorait cuisiner, l'auteur aussi, ils s'entendaient à merveille, si ce n'est sur les condiments que James utilisait abondamment, comme souvent en Angleterre. Il venait me regarder travailler dans mon bel atelier dont j'étais fière, attentif aux morsures par l'acide nitrique, aux passages répétés, la progression du dessin réalisé à l'envers, de l'importance chimique de la température, du degré d'humidité dans l'air. L'évolution se faisait sous ses yeux, il était silencieux et je le sentais admiratif, il voyait naître une idée, une sensibilité qui dépendait de ses écrits, il était touché de notre compréhension réciproque, et me tapait affectueusement sur l'épaule en souriant.

Edward ne désirait pas de visite dans son espace, jaloux de son œuvre en cours. Il s'excusa auprès de l'auteur, qui comprenait parfaitement et venait chez moi, observait mes gestes, en silence, et, quand je retirais mon tablier, me lavais les mains et débouchais une bouteille de Gaja en son honneur, nous discutions alors, pendant des heures, en mangeant des pistaches.

Ce furent, sans doute, deux des plus belles années de ma vie, intenses, de rencontres, l'écrivain connaissait les éditeurs, le monde des lettres et celui des illustrateurs ne se ressemblaient pas, si ce n'est que la création requiert une grande concentration solitaire. Nous fumes invités à des soirées très érudites où nous étions obsolètes, dépassés par la notoriété des participants et la qualité des propos, notre écrivain était très facile d'accès, ce qui n'était pas le cas de certains de ses collègues.

Nos travaux finirent et des cinquante planches sur commande nous en avions produit le double pour les sélectionner plus aisément. Nous sommes allés à Milan, les cartons sous le bras, pleins à craquer. Les discussions et la sélection furent laborieuses. Les éditeurs n'avaient pas la gentillesse de l'auteur, nous n'étions que des collaborateurs traités avec courtoisie, sans états d'âme.

Il y eut par la suite des problèmes pour régler nos honoraires, à la baisse évidemment. Il n'en était pas question, un avocat fut nécessaire pour toucher enfin ce qui nous était dû. Nous avons compris la nécessité des agents qui s'occupent des contrats et du côté économique de la carrière des acteurs, chanteurs, écrivains. Ils étaient inexistants dans notre secteur, nous dépendions des galeries et d'éventuelles expositions.

Un artiste ne peut pas gérer ce genre de problème, il ne connaît pas les lois, tout est souvent flou, facile à piéger. Le fils de James, l'avocat, nous expliqua la procédure à suivre pour les droits d'auteur, etc.

Nous étions fatigués et déçus de la fin de cette aventure. Elle avait été si belle, grâce à notre écrivain, nous avions gagné pas mal d'argent. Nous ne referions plus de travaux sur commande, ou alors avec un avocat à nos côtés pour signer le contrat.

Nous avions décidé de faire un séjour, de novembre à février, en Grèce, sur l'île de Kio, Clementine s'occuperait de Polly la chatte.

Toujours dans la Mini Morris, chargée de matériel de peinture, dessin, nous avions traversé la France en une semaine, c'était l'été indien, tout allait bien. Celle, de la Suisse fut problématique sous une tempête de neige, l'Italie le lac Majeur sous un ciel bleu indigo nous tendait les bras, les cimes enneigées resplendissaient sous un soleil généreux, Milan et changement de programme, nouvelle direction la Toscane, la Ligurie, Porto Venere, les Cinq Terres. À nous l'Italie.

À Porto Venere nous avions loué un studio dans ce délicieux village à quelques kilomètres de La Spézia. Plus d'horaires, nous vivions à l'instinct, manger quand l'estomac le demandait, dormir, ne rien faire, ne plus penser. Pas de tourisme non plus, le plaisir des yeux suffisait grâce aux paysages. Après l'effort, le réconfort, nous nous y étions employés scrupuleusement.

En redescendant lentement en Toscane, nous restions muets devant ces magnifiques collines, ces terres rouges, les cyprès, il était facile de trouver à se loger, hors-saison. Nous avions de quoi vivre grâce à l'argent des eaux-fortes et la rente d'Edward, mais pas dans le luxe, nous n'étions pas exigeants. Mon mari était un excellent gestionnaire, moi beaucoup moins. Pas de halte à Florence, nous dormions souvent dans les monastères toujours situés dans des sites extraordinaires au milieu d'une végétation luxuriante et parfumée. Dommage de ne pas avoir la foi, mais le silence de ces lieux soignait bien des maux.

Edward lisait des œuvres du dix-huitième siècle français et n'avait plus envie de se déplacer, parfaitement serein dans ces terres ocre, dans ce havre de paix. Je me laissais aller à la rêverie en marchant dans les sentiers environnants, détendue, n'aspirant à rien si ce n'est de respirer l'odeur des feuilles, admirer l'harmonie de ces collines, de ces arbres fiers et noirs, ces cyprès, seule et heureuse de l'être à cet instant.

Les repas soignés et simples gratifiaient les papilles et les chants grégoriens nos oreilles. Nous vivions dans un entre-deux, rien de précis, tout nous semblait vague et sans importance. Edward devint un compagnon de route vers un continent inconnu, sans passion nous allions de l'avant vers nulle part. À Volterra, la veille de Noël, le ciel était d'un bleu foncé éclatant d'étoiles, l'air froid et limpide, Edward m'avoua qu'il avait l'intention de rentrer à Londres le lendemain, j'étais prête, moi aussi.

Poppy n'était pas contente, mais alors pas contente du tout, pas un ronron, elle dévorait son plat et partait ventre à terre se coucher, sans un regard. Elle avait raison, car elle ne nous avait pas manqué, elle le sentait pauvre petite chose. Nous avions vécu sur un nuage rose narcissique, très gratifiant, James et Clementine n'étaient pas dupes non plus. Oui, nous avions oublié nos amis, notre chat, le travail, le soulagement de libérer son esprit était à ce prix, qu'on se le dise !

Les retours sont rarement agréables, fuites d'eau, factures à payer, chauffage souffreteux, le chat en grève de caresses, le courrier accumulé, une enveloppe attira mon attention, en provenance des États-Unis, avec l'adresse d'un avocat de Boston en évidence.

On me communiquait que je devais contacter le bureau x à ce numéro, dans les plus brefs délais. C'était amusant de penser au monastère, au peu d'importance qu'avait le temps il y avait à peine 48 heures.

Je montrai ma lettre à Edward, qui, lui, avait immédiatement repris pied avec la réalité de l'existence, à l'instant où nous arrivions à

Londres. James appela illico son fils Michael, l'avocat, pour mettre au clair ma situation. On me conseillait de me rendre personnellement avec mon avocat, dans les bureaux de x pour des questions d'intérêts économiques me concernant à la suite du décès de monsieur Miller.

Qui était ce monsieur Miller ? l'histoire de l'oncle d'Amérique, une bonne blague.

En compagnie de Michael nous prîmes le premier vol pour New York et Boston. Il s'agissait d'un portefeuille et de lingots d'or, d'une valeur d'environ cinq millions d'euros, sans compter les frais, les impôts, etc.

Nous avons visité New York, le contraste avec les monastères italiens était confondant, mais cette ville nous a coupé le souffle. L'héritage provenait de grand-père Louis, qui boursicotait avec son beau-frère, lors de ses visites américaines, avant la Première Guerre mondiale. Les investissements avaient fructifié, grâce aux bons soins de la famille de ma grand-tante (la sœur de Louis). J'étais la dernière, la seule encore en vie, il ne restait que ce qu'on m'annonçait, le pactole était au moins trois fois supérieur à l'origine, je n'en revenais pas. Ma mère était l'héritière directe, Louis avait modifié le destinataire à la mort de sa fille Amandine, puis de nouveau à mon nom à la mort d'Alberte.

J'entrai en possession de cet argent après des mois de sollicitations et de paperasseries. Qu'en ferions-nous de cet argent, à part danser la gigue en riant comme des fous. Edward chantait « money make the world go wrong » en imitant Lisa Minnelli dans Cabaret.

Je ne dormais plus sereinement, c'était certain, l'héritage me rendait nerveuse. J'aimais mon petit appartement, Edward le sien, mon atelier était un cadeau de mon mari, j'avais envie de rien. La mini Morris se faisait vieille, mais en réalité nous ne changerions pas notre style d'existence, par contre nous n'aurions plus besoin d'éditeurs, nous pourrions travailler sans obligations, notre luxe sera de ne plus penser à l'argent. Merci Louis, cher grand-père, tu nous offres la liberté de ne dépendre de personne, merci mille fois et plus encore. La liberté n'existe pas, tout le monde le sait, nous faisons semblant d'y croire, mais ne pas être contraints à travailler pour des requins donnait des ailes.

Nous avons rafraîchi les peintures murales de nos habitations, trouvé un menuisier pour nous fabriquer des bibliothèques sur mesure, Edward acheta une nouvelle voiture qu'il avait du mal à apprivoiser, la Mini Morris resta en ma possession, trop pratique pour circuler en ville. Mon atelier fut totalement réglé, plus de prêts. Nous avons accumulé des tonnes de papier fait main, dans un moulin qui arrêtait la production.

Il devient nécessaire de décrire le cadre de vie de mon époux à cette époque.

Un espace énorme, un jardin d'hiver et une terrasse avec vue sur la Tamise et la ville au loin. Plusieurs générations de Green s'étaient succédé avec les meubles de famille, leurs initiales gravées sur les chaises, rien n'avait changé depuis le décès des parents d'Edward, je comprenais son impossibilité à s'en détacher. Il modifia le rez-de-chaussée qui devint son atelier, imprimerie, le jardin d'hiver pour dessiner, et la terrasse pour les acides. Du sur mesure pour un graveur fortuné. Tout était fonctionnel et la beauté une nécessité vitale, son coup d'œil photographiait la moindre erreur, l'inclinaison d'un objet, rien ne devait se remarquer, une faute de goût le mettait en rage, il était fanatique d'éclairage. Cela ne regardait que lui et sa maison, il était indifférent au mode de vie des gens, respectueux de leur personnalité et de leurs points de vue. Je ne lui ressemblais pas, mais j'avais une formation de décoratrice, je savais harmoniser les formes, les couleurs et la lumière, mais le kitsch m'attirait depuis toujours et abondait dans ma tanière, ça le faisait sourire en suivant le fil rouge qui reliait mes folies, ce n'était jamais gratuit.

Nous ne vivions pas ensemble, mais nous avons acheté un magasin près de Tavistock Place de commun accord. Il avait appartenu à un chapelier, au décès de ce dernier, il fut mis en vente sans trouver d'acquéreur, il nous correspondait parfaitement tel qu'il était. Pendant des mois nous avons inventorié et distribué le contenu, conservant les magnifiques boiseries, les penderies, un immense îlot central doté de nombreux tiroirs. Nous posséderions finalement notre propre galerie, organiserions des conférences, une école de gravure, nous achèterions le matériel nécessaire, une presse sur mesure, un séchoir, après tout. L'argent peut procurer du bonheur. L'excitation était à l'ordre du jour, James et Clementine étaient de la partie, évidemment. Cette dernière avait une maîtrise d'histoire de l'art, connaissait comme personne les arcanes concernant la gravure, la xylographie japonaise, et Hokusai en particulier. Elle pourrait organiser des classes à son sujet. Maître James était le meilleur prof en matière de chimie, d'acides à utiliser pour l'eau-forte, imbattable sur Dürer et Goya.

Plus personne ne dormait sans somnifères, nous étions surexcités. Il fallut trois années pour, finalement ouvrir les portes de la galerie, appelée Print, tout simplement.

James connaissait le monde de l'édition d'art, et grâce à nos illustrations et notre écrivain italien notre nom circulait dans ce secteur très fermé, l'inauguration fut fastueuse.

Joanne, ma vieille copine, devenue hétéro, mariée à un banquier dénommé Patrick O'Brien, mère à temps plein de quatre enfants, mondaine par vocation, possédait un carnet d'adresses très fourni et s'occupa des relations avec la presse. Mon copain John se révéla très efficace, grâce à ses fréquentations artistiques théâtrales et les médias de tous bords.

Clementine s'occupa du buffet exotique, du champagne, du meilleur service de traiteur, d'hôtesses japonaises en kimono et de jeunes hommes en jabots de dentelle très fin de siècle. John, Edward et James portaient des jeans, des chemises immaculées et des vestes de velours colorées, Clementine une robe longue fleurie ravissante, Laura Ashley sûrement, des chaussures à talons d'au moins vingt cm, Joanne et son époux BCBG, plus traditionnel tu meurs et moi la robe de mariée de ma grand-mère, de soie noire retouchée pour l'occasion.

Je serais incapable de décrire la soirée, j'étais paniquée, hystérique, j'avais trop bu de champagne l'estomac vide et noué, c'était le chaos. Je me souviens, aujourd'hui, du bruit infernal, de la fumée de cigarette et des joints qui abondaient. Edward riait beaucoup, Clementine flirtait avec lui une bouteille vide à la main, James embrassait toutes les femmes à sa portée, John semblait un Lord dégoutté de la société environnante et me regardait, goguenard en me palpant le derrière, ostensiblement. Quelle soirée !

La galerie était magnifique, les xylographies mises en valeur sur des fonds sombres, les pointes sèches et les eaux fortes illuminées une par une dans un espace aux lumières tamisées qui enveloppaient les invités, des fleurs colorées partout.

La fête se prolongea au de là des règles en fermant les portes. Nous nous sommes retrouvés, Clem, Ed, James, Joanne, O'Connor le mari, et moi finalement seuls, le service de restauration avait tout nettoyé, il ne restait que l'odeur des joints et du tabac, une puanteur.

Nous étions tous assis par terre, éméchés, fatigués, riant trop fort, et détaillant les visiteurs, l'un après l'autre.

Joanne et John avaient fait un excellent travail, les vedettes de cinéma, de télé, s'étaient exhibées gratis, pour le plaisir de se faire photographier auprès d'éditeurs qui renvoyaient l'ascenseur. Nous attendions les articles de presse, la seule raison de ce vernissage. L'angoisse montait d'un cran, nous avions rempli le local de parasites que ce genre de manifestation attire. Le jeu était connu de tous, la promo était en marche et nous attendions les retombées.

Nous avions dépensé une partie de l'héritage, beaucoup d'argent certainement, mais nous possédions notre propre galerie et si personne n'achetait ce que nous exposions, nous ne serions pas morts de faim pour autant.

Cette euphorie dura toute la semaine, nous avions engagé une jeune femme qui se chargeait de l'ouverture et avait étudié le sujet gravure sur le bout des doigts. Nous y allions à partir de 17 heures et ne recevions que sur rendez-vous.

Le lendemain nous avions invité tous nos amis chez Edward, à déjeuner sur sa terrasse, grâce aux bons soins d'un traiteur qui nous avait régalé. Tous réunis nous étions détendus et joyeux, un souvenir impérissable. Les O'Connor étaient drôles, Pat se révéla un comique formidable, Joanne ne pouvait pas avoir épousé un enquiquineur. John admirait le cadre dans lequel vivait Edward, en connaisseur. James et Clementine avaient encore la gueule de bois. Edward était très amoureux et me regardait avec des yeux de Pékinois en chaleur.

Nous étions comme une famille, un peu déglinguée, qui s'aimait beaucoup. Leur aide avait été déterminante, ils l'avaient donnée avec générosité, par amitié, sans eux nous n'aurions jamais pu porter à bien cette inauguration. Nous leur avons dessiné à chacun, un ex-libris en série limitée à dix exemplaires, la première dans un encadrement en argent à leurs initiales.

Il était impossible de vivre à ce rythme à long terme, les habitudes ont repris leurs droits avec l'envie de travailler à un sujet commun, chacun à sa manière, James, Edward et moi. Trois versions d'une même histoire, nous avions choisi le portait de Dorian Gray. Le thème était facilement caricatural, pas aussi simple qu'il n'y semblât.

Clementine n'en pouvait plus de nos discussions, elle décida de faire une classe sur les xylos japonaises, Joanne fut mise à contribution, John bouda, finalement un maître xylographe, collègue de James nous vint en aide, avec une presse, il effectuerait des démonstrations, apporterait son matériel personnel, les burins, les bois de poirier et de cerisier.

Notre vie se présentait sous une nouvelle dimension, les horaires devaient être respectés, le travail nous prenait la tête et le corps.

Edward s'écroula dans son atelier, il était seul, James et moi étions chez moi en train de nous disputer pour des niaiseries quand une amie d'Edward nous téléphona de venir immédiatement à l'hôpital x, que mon mari était dans un état critique, des suites d'une hémorragie cérébrale, dont personne ne savait évaluer la gravité pour le moment.

Nous étions affolés, James ne trouvait plus ses clefs de voiture, moi, mon sac et mes papiers. L'amie d'Edward était sa voisine, Doris, ils se connaissaient depuis leur enfance, les parents se fréquentaient et auraient tellement désiré qu'ils se marient, ces deux êtres, si bien assortis.

Edward n'était pas dans le coma, mais ne pouvait plus parler ni bouger son bras et sa jambe gauche. Il regardait droit devant lui avec ses yeux de chien battu, j'avais le cœur brisé, mais il était vivant, dans quel état, nous le saurions plus tard.

Il fallut une année de soins, il récupéra sa jambe, mais avait besoin d'une canne, le bras ne servait plus, il tenait sa main dans sa poche de pantalon, il parlait avec difficulté, mais grâce à l'orthophoniste se faisait comprendre, la physiothérapie quotidienne le faisait progresser. Il avait l'usage de la main droite et se débrouillait pour ne pas peser sur son entourage. Il avait aussi des problèmes de vue qu'il préférait ignorer.

Il vint vivre chez moi, Poppy dormait à ses pieds, il me pria de prendre une aide-soignante, car il ne voulait pas que je m'occupe de ses besoins physiques et physiologiques. Il était humilié de dépendre de quelqu'un, mais surtout de sa femme. Il savait que je répugnais à certaines tâches, la maladie d'Alberte avait laissé des traces indélébiles, je vomissais sans pouvoir me contrôler, je me serais battue de honte.

Notre vie était désormais entre parenthèses à tous points de vue. James et Clementine géraient la galerie, j'allais occasionnellement discuter avec les clients, mais le cœur n'y était plus. Je dessinais et gravais tous les jours à côté du fauteuil où Edward passait ses journées, nous sortions prendre l'air, il s'accrochait à mon bras, la canne du côté droit, je parlais beaucoup, il répondait péniblement. C'était atroce, j'étais égoïste, je haïssais la maladie, ne la supportais ni chez moi, ni chez les autres. Cette non-vie m'horripilait, ce n'était pas généreux, mais n'y pouvais rien.

Edward me faisait pitié, le pire sentiment s'il en est, pour le couple très charnel que nous formions. Je le caressais, le massais, le parfumais avec des crèmes, une odeur acre émanait de sa peau et j'avais envie de hurler.

John avait changé, ne faisait plus le clown, il vivait avec un compagnon, apparemment fidèle. Il venait très souvent tenir compagnie à Edward, qu'il amusait avec des ragots inventés de toutes pièces, pour le distraire. Il me caressait les fesses par habitude, j'aurais aimé qu'il me prenne mille fois, la honte au front. Il souriait en préparant le thé qu'il servait avec gentillesse à mon mari. J'en étais malade.

J'avais besoin d'un amant, et vite, d'une vie normale pour un instant, reprendre contact avec la vie, un exutoire, il en allait de mon équilibre pour continuer à trouver la force d'aider mon mari. Je devenais folle furieuse, le destin se fichait de moi depuis trop longtemps.

J'en parlai ouvertement avec Joanne qui me comprenait, sans me juger sévèrement, du moins je l'espérais.

Grâce aux bons soins de James, la galerie marchait bien, les classes étaient suivies par des personnes intéressantes, les conférences, toutes ciblées gravure, étaient à la mode. Print avait la cote, sans ses propriétaires.

John venait le soir, quand je sortais pour aller à la galerie donner des leçons pour imprimer. Les élèves adoraient le nettoyage avec la tarlatane et la magie de la presse. Un des élèves avait mon âge, très bien élevé à l'anglaise, blond comme les blés, la peau claire rosée, une fossette et un sourire à la Redford, aussi guindé que timide. Les bouffées de chaleur m'envahissaient quand il était derrière moi et me regardait travailler. Je devenais idiote. Il s'appelait William Blye, marié, père de nombreux enfants, architecte, adorant les eaux-fortes qu'il ne dominait malheureusement pas du tout, collectionneur d'ex-libris. Il rêvait d'en réaliser de sa main pour sa bibliothèque. Il était délicieux de candeur.

En sortant, nous prenions la même ligne de métro, une gêne tangible bloquait la moindre conversation, mon désir contre sa réserve. Les mois passèrent, les progrès commençaient à agirent sur le moral d'Edward, il s'exprimait avec plus d'aisance, je le dorlotais comme un grand garçon, le serrais dans mes bras, il souriait en me caressant, et je voyais couler ses larmes.

J'allais à la galerie deux fois par semaine, le matin de dix à douze. Nous avions une adorable jeune personne qui venait tous les jours apporter le repas de midi qu'elle préparait chez elle. Elle était Pakistanaise et d'une beauté extraordinaire, Edward la regardait extasié, elle irradiait de joie de vivre, et lui préparait de jolis plateaux, appétissants, en lui racontant sa journée. Je le voyais renaître. Elle gagnait sa vie en cuisinant, en faisant plaisir, une merveilleuse créature, dénommée Shirin, à la peau couleur de miel, des cils épais, des yeux énormes brillants de malice, de gaîté. Elle avait des mains aux doigts longs et fins, très soignés, portait des jeans collants et de blouses fleuries, légères. Elle vivait chez sa sœur et son beau-frère, était étudiante en dernière année d'université, elle voulait enseigner les mathématiques dans le secondaire. Très bavarde, Edward l'écoutait attentivement babiller, cela m'arrangeait, et me permettait de déjeuner dans le pub à côté de la galerie avant de rentrer.

Depuis quelques semaines, William Blye réussissait à me parler en me regardant dans les yeux, d'eau forte évidemment, il m'invitait même à boire une bière dans notre bistrot préféré avec mes amis James et Clem.

Ce type m'obsédait et cela devait se sentir, car il me demanda si j'accepterais de lui donner des leçons particulières. (et comment, où tu veux, quand tu veux). Je faisais semblant de réfléchir, pourquoi pas, mais dans mon atelier, une bonne idée. D'accord, le prix ? cinquante livres de l'heure, voyons. Il était ravi, moi aussi.

Ne rien précipiter, laisser le temps au temps comme disait ma grand-mère.

Ma première rencontre eut lieu dans mon antre, j'avais des palpitations. Il entra en rougissant, son fameux sourire en prime, nous avons imprimé pendant deux heures d'affilée. Il m'a effleuré par inadvertance, deux fois, mon cœur s'est arrêté. Pas serré la main, pas de bises, nous étions en Angleterre, voyons, ici les gens se culbutent facilement, mais pas question de ces vulgaires manifestations buccales. Dommage, moi j'aimais bien les embrassades.

Les approches furent longues, je gagnais des sous sans dépasser le stade de franche camaraderie, bye à la prochaine. J'en avais assez, aux grands maux les grands remèdes (toujours dixit mon aïeule). Je jouai donc le fameux jeu cousu de fil blanc, sous ma blouse de travail, à poil et croisée de jambes improbable, assez haut tout de même. Message compris, mister Blye déploya son talent sur une dinde aussi vorace qu'inassouvie après des mois d'abstinence, une pauvrette en jachère en quelque sorte. Il prit goût à ce petit jeu, et nous fîmes encore quelques essais, tout aussi fructueux.

Aucun remord, mon corps me remercia et moi le cher William qui me donna cent livres pour mes deux heures d'exercice personnalisé, comme une professionnelle bon marché.

Les soirées devinrent joyeuses, nous avions réappris à rire avec Edward, qui prenait plaisir à mes plaisanteries. Je lui racontais comment se passaient les leçons à la galerie, et à brûle pour point me déclara très en beauté, une merveille.

C'était écrit sur mon visage, je me sentais bien dans mes baskets, la vie était revenue en moi. J'avais envie de chanter en attendant la prochaine séance, sans impatience. Je ne devais pas effaroucher le cher garçon. Il était un amant prévenant, sans imagination, beaucoup de bonne volonté et de ténacité, mais devrait améliorer sa technique (idem pour l'eau-forte).

Nous avions batifolé gentiment pendant une année, puis les vacances de juillet avaient interrompu nos rendez-vous. Je ne l'ai jamais revu. Il m'avait beaucoup aidé à récupérer mes esprits sans me douter une seconde du bien qu'il m'avait fait. Il avait acquis de notions de gravure, suffisamment, des prouesses d'alcôve efficaces pour se satisfaire réciproquement, sa femme devrait en bénéficier et apprécier.

Il fallait se reprendre, Edward avait besoin d'aide psychologique pour améliorer son état physique qui le mettait en rage. Je ne le voyais plus handicapé, il redevenait lui-même, mon amoureux, nous avons appris à nous cajoler, calmement. Il se collait contre moi sur le divan et me serrait fort de sa main droite, son équilibre précaire ne lui permettait que peu de mobilité, les vertiges le rendaient malade. Nous nous apprivoisions avec ce que nous dégagions comme énergie. Le yoga eut sa part non indifférente, la relaxation et nos rapports tactiles. Deux années s'étaient écoulées, nous avions repris, progressivement, des contacts intimes, avec une tendresse inégalée auparavant, trop pris par notre instinct. Tout était dans le cerveau, Edward reprenait goût à cette vie étrange, moi j'acceptais finalement mon engagement dans ce qui était tout de même une rude épreuve.

Il dormait dans un lit spécial, passait le plus clair de son temps dans un fauteuil roulant, un infirmier l'aidait à faire sa toilette, il écoutait des livres sonores, nos amis venaient tous les jours, ainsi que le psychothérapeute. Il parlait lentement, mais sa voix était limpide, ses yeux étaient perdus dans un épais brouillard, mais il distinguait les visages, les expressions, sa sensibilité avait atteint des sommets inimaginables. Il était très beau, je m'asseyais à ses pieds, la tête sur sa jambe, il mettait sa main sur mon cou et ses longs doigts me massaient inlassablement le crâne, les oreilles, il souriait, je lui baisais le poignet, le bras. Nous étions ensemble. Je m'étendais à ses côtés, dans son lit bizarre, nous réapprenions les contacts intimes, intenses, incomparables avec ceux notre vie d'avant, le neurologue m'avait conseillé de profiter de chaque instant, nous ne nous quittions plus.

Il est mort dans mes bras, je l'ai bercé pendant des heures avant d'appeler James.

Les mois passèrent d'une lenteur exaspérante, James et Clementine occupaient désormais la maison d'Edward, ils n'avaient rien changé. Tous réunis, nous avons dispersé les cendres d'Edward dans son jardin, sous un pommier en face de la Tamise.

Je vivais, seule avec Poppy, dans mon appartement de Pimlico et préparais une exposition.

Le chalet d'Edward dans le Jura me tendait les bras, John et Giles m'accompagnèrent, il désiraient aller à Zermatt. J'ai passé un mois à méditer sur ma vie future, je mis en vente la propriété, je ne reviendrai plus dans le Jura, trop de fantômes.

John conduisait très bien, mais vite, son compagnon, une personne délicieuse, ils ont été merveilleux avec Edward, ma vraie famille avec James Clem, Joanne et Pat.

Edward a été mon mari pendant 28 ans, avec des hauts et des bas, je ne savais plus vivre seule.

Nous avons régularisé notre situation au sein de la galerie, James comme directeur administrateur, Clementine directrice artistique et exécutive des travaux pratiques et moi la propriétaire.

La vieillesse était aux portes, mais je me sentais en pleine forme, à part la vue défaillante. Shirin, la jolie cuisinière à domicile avait terminé ses études et enseignait dans un collège, elle me rendait visite le dimanche avec des plats de plus en plus élaborés.

Joanne me conseilla le yoga, elle méditait depuis que ses enfants étudiaient loin de chez elle.

Je ne me remarierai plus, ma vie amoureuse n'était pas à sa fin, du moins je l'espérais. La galerie était une source de rencontres infinies, le pub voisin aussi, il était devenu ma cantine.

Le matin je traînais, me levais tard, pas de petit déjeuner, je prenais le métro et déjeunais dans mon bar préféré le Bloomsbury Rest, le patron avait formé un groupe de musique pop, il était guitariste, ils jouaient trois fois par semaine avec ses copains. Tous très professionnels et chaleureux, ils m'avaient adopté, un privilège. Le temps passait, c'était l'essentiel, j'avais l'esprit vide et advienne que pourra, c'est à dire carpe diem.

Joanne m'invitait continuellement à des fêtes, des inaugurations branchées, toujours aussi mondaine, son mari en avait horreur et ne voulait plus l'accompagner. Nous buvions beaucoup, fumions exclusivement des joints, riions comme des adolescentes en goguette, des vieilles en cavale.

J'arrêtai ces soirées débiles en compagnie des insomniaques habituels, de discussions foireuses sentant l'alcool à plein nez. Je décidai de rester chez moi, en robe de chambre à regarder la télévision.

Je harcelais un de mes élèves, nous avions le même âge, lui, peut être plus, nulle en dessin, convaincu du contraire, no comment. Il a été beau, en son temps, l'a toujours su, mais bizarrement pas du tout pathétique. Il aboyait trop pour être vraiment odieux, son nom David Bloom, de profession notaire, collectionneur de livres anciens et velléitaire en matière artistique. Têtu, il insistait et gravait des plaques d'une laideur époustouflante. De temps en temps, nous buvions une pinte de bière ensemble ou avec d'autres élèves, c'était très animé avec ces néophytes, tous passionnés, convaincus d'avoir le feu sacré. Ils étaient âgés de 20 à 67 ans, 12 par section.

Mister Bloom faisait le beau avec une jeune femme qui le bousculait sans égard, c'était drôle, sa technique était trop ringarde. Je me portais volontaire, mais évidemment trop vieille, je n'insistais pas, et le rudoyais volontiers en l'obligeant à nettoyer ses instruments et la presse, il me regardait, incrédule pour la première fois.

Il attendit que tous les élèves soient sortis pour m'accompagner au métro. Bras dessus bras dessous, il babillait gentiment, m'invita à prendre un verre dans un club. Il me racontait sa vie, trois divorces, cinq enfants, 1+1+3, habitait un quartier résidentiel du côté de Kensington Gardens, juif non pratiquant si ce n'est le sabbat. Il n'aimait que les jeunes filles, les épousait, elles lui faisait des enfants, partaient avec des jeunes sans argent, c'était dégoûtant et injuste. Elles lui coûtaient une fortune ces bonnes femmes ingrates. Il était amusant, un sens de l'humour glacial, je riais de bon cœur. Il m'accompagna à Pimlico, nous avons passé une nuit agitée, alcool à gogo et partie de jambe en l'air, en franche camaraderie. Impossible de ne pas être copain avec un tel énergumène. Être drôle n'était pas monnaie courante, mister Bloom avait ce don, pas celui de la gravure. Ses prestations n'étaient pas spectaculaires, dans un lit, mais d'un niveau correct, ce qui n'était pas si mal.

Je savais que je ne le reverrais plus, il avait compris qu'il valait mieux ne pas insister du côté artistique, et j'étais décidément trop vieille pour une liaison amoureuse. Il me salua en me remerciant de l'hospitalité ce qui nous mit de bonne humeur. Les hommes de mon âge ne s'intéressaient qu'aux jeunes filles, il fallait s'en faire une raison.

James adorait Clementine et draguait comme un malade les fillettes de vingt ans, il avait 22 ans de plus que moi.

Il y avait peu de Mister Bloom dans mon entourage, j'avais bien fait d'en profiter. Avoir le goût de la chair fraîche n'était pas mon cas.

James qui me surveillait de loin, se demandait ce que je tramais avec mes dernières classes. Il ne se passait rien, car les femmes étaient majoritaires, les hommes trop âgés pour s'intéresser à autre chose que leur nouvelle passion pour la gravure.

Les nuits étaient souvent blanches, les idées noires s'accumulaient. Edward me manquait et j'aurais voulu en savoir plus sur la vie avant notre rencontre. J'appelai Doris, sa voisine, et l'invitai à déjeuner, je la sentais réticente.

Elle arriva, charmante, une bouteille de Bordeaux à la main. Une très jolie femme au teint de porcelaine, des yeux limpides, soignée, élégance discrète, une bouche généreuse et des dents carnassières, tiens, tiens.

La conversation ne décollait pas, le vin terminé et l'armagnac aussi, le repas, préparé la veille par Shirin avait été délicieux. Doris me dévisageait et me demanda, à brûle-pourpoint, pourquoi je désirais la rencontrer.

Je fondis en larmes, sans pouvoir me contrôler, elle ne bougea pas, ne fit pas un geste en ma direction, horriblement gênée. Toussotant, elle prit congé et je passai la soirée à sangloter.

J'appelai Clementine qui vint me tenir compagnie. Très réservée de nature, ce n'était pas sa tasse de thé de consoler, mais sa présence me faisait plaisir. Je lui demandai qui était vraiment Doris.

Elle la connaissait peu, mais elle l'avait fréquentée avant mon arrivée dans la vie d'Edward. James et elle, dînaient de temps en temps, en été, dans le jardin, elle était la maîtresse de maison et de son propriétaire. Elle l'était restée jusqu'à la mort de ce dernier.

Il vivait avec deux femmes, je n'avais rien compris. Elle venait le voir quand je m'absentais, John servait d'intermédiaire. J'étais anéantie, humiliée de la duplicité des deux hommes.

John m'expliqua qu'Edward était le seul ami hétéro qui le respectait et le prenait au sérieux, ils se confiaient l'un à l'autre et s'estimaient. C'était incroyable d'imaginer cet introverti de connivence avec John. Leur amitié était sincère et pour ce dernier aussi précieuse qu'unique.

Tout se confondait dans ma tête, je m'étais fourvoyée sur le monde qui m'entourait, mes proches étaient devenus des inconnus. Rien, je n'avais rien compris, je découvrais un peu tard la superficialité de mon attitude, ce qui me rendait folle, ne prenant que ce qui m'intéressait. J'étais effondrée, je me croyais perspicace, Edward était mort dans mes bras, je ne retenais que cet instant.

J'avais envie de savoir et de ne plus rien entendre, partagée à ce stade, entre connaître les détails les plus infimes ou ignorer de quoi était faite la vie de mon mari.

Je demandai à Doris si elle acceptait de me recevoir chez elle. Elle m'accueillit pour la première fois dans la demeure qu'elle avait héritée de ses parents, son jardin était mitoyen de celui d'Edward. L'intérieur, typiquement anglais, comme on se l'imagine à l'étranger, confortable, des tapis des bibelots et la maîtresse de maison vêtue de son twin-set de cachemire, le collier de perles, des fleurs sur les guéridons, les livres, la bibliothèque, les plaids de mohair sur le divan, l'argenterie des bougeoirs, la cheminée, etc. Je comprenais finalement. Doris me souriait et m'offrit un verre de porto et des scones.

Aucun son ne sortait, ma tête s'affolait, je pris sa main, muette. Nous nous regardions en silence, Edward nous accompagnait, nous étions réunis d'une manière bizarre, comme notre vie.

Ils se connaissaient depuis leur naissance, leurs parents se fréquentaient. Edward étudiait histoire de l'art à l'université, Doris lettres classiques. Ils ne se revirent qu'à la fin de leurs études, Edward avait une petite amie et Doris était fiancée. Ils fréquentaient le même cercle d'amis, les fêtes se succédaient durant l'été, ils se trouvaient beaucoup d'affinités. Tout le monde était ravi, ils semblaient faits l'un pour l'autre.

Les parents d'Edward voyageaient fréquemment et périrent dans un accident d'avion. Il partit en Italie et étudia l'eau-forte à Urbino, puis décida de rentrer vivre dans la maison de famille qu'il adorait, elle appartenait aux Green depuis cinq générations.

Il fit la connaissance de James, récemment divorcé, devinrent inséparables grâce à la gravure, leur passion réciproque.

La mère de Doris décéda d'un cancer des poumons, quant à son père il tomba d'un arbre qu'il était en train d'élaguer et se brisa les vertèbres. Invalide, paralysé des deux jambes, Doris mit fin à sa carrière universitaire pour se consacrer à lui à plein temps. Elle était encore fiancée, mais faisait de nombreuses incursions dans la maison voisine. Il dînait souvent chez Doris, ne se fréquentaient qu'en amis, devinrent intimes puis inséparables. Doris adorait Edward, savait qu'il avait des aventures, acceptait de le partager, il lui appartenait quand il vivait dans sa maison. La Française avait fait son apparition et détraqué ce bel équilibre, pas tout à fait. Edward aimait deux femmes, totalement différentes, la stabilité d'un côté, et la Française.

James et Clementine ont toujours su ce que Doris représentait pour Edward. J'avais été la seule à ne rien comprendre à sa manie d'isolement dans sa satanée maison. L'instinct aurait du m'avertir que le fait de ne jamais désirer ma présence dans sa demeure était une évidence, je le dérangeais, c'était le moins que l'on puisse dire.

Doris et Edward fréquentaient, depuis toujours, les mêmes amis, s'entendaient parfaitement, elle était passionnelle, ne se contentait pas de baisers volés et je me rendais compte pourquoi nos rapports personnels étaient quelques fois chancelants.

Edward a vécu deux vies diamétralement opposées, grâce à une Doris très compréhensive et une épouse dans les nuages.

Doris m'invita à déjeuner dans un pub de Tavistock Place. Elle découvrait la deuxième vie de son amoureux dans notre galerie. James et Clementine étaient perplexes en nous voyant discuter avec animation devant une gravure d'Edward. Nous avons passé la soirée chez moi tous les quatre, lui plus présent que jamais.

Doris vivait seule, son père était décédé très âgé, depuis quelques mois elle était libre, moi aussi, nous étions veuves du même homme et nous nous sentions solidaires. Nous sommes devenues des amies, inséparables, je lui ai fait connaître Joanne et Pat O'Connor, elle fréquentait John et Giles, je pouvais remercier Edward.

Nos différences ne se contrariaient pas, elle était cultivée, nous allions aux concerts, nous pratiquions le yoga, nous avons loué un magnifique domaine en Écosse, Poppy était morte à 22 ans et j'avais adopté un Border Collie abandonné dans un chenil, Doris un caniche noir, deux filles stérilisées.

Nous vivions l'été dans les bruyères, à quelques kilomètres d'Édimbourg, les chiens s'ébattaient dans les collines, nous faisions des kilomètres à pied. Doris était en train d'écrire la biographie d'Edward Green, sa vie, son œuvre, et moi je continuais à dessiner et à graver.

James et Clementine venaient passer quelques semaines en Écosse, leur présence nous enchantait. Nous buvions trop, fumions beaucoup, James, le seul homme du groupe se comportait comme un roi, il dirigeait trois femmes, nous le nourrissions, lui lavions son linge, écoutions ses histoires éculées, il faisait le beau avec la jeunesse, nous adorions être réunis.

Les O'Connor nous rejoignaient, ils avaient des cousins dans les îles, leurs quatre enfants dans les bagages, qui ne supportaient pas ces vieux débauchés, ils étaient tous écolos et fervents défenseurs de la vie saine, végétariens purs et durs.

Mon chien Yoyo et celui de Doris Deedee devenaient fous, la confusion, le bruit, la fumée les rendaient euphoriques, ils sentaient mauvais se roulaient dans les crottes de brebis, le paradis en quelque sorte sorte.

Tout ce monde se disputait, s'aimait, ne pouvait se passer de la présence des autres. Edward nous a réunis, Doris et moi l'avions aimé, il nous appréciait sans choisir, ça nous faisait plaisir de le croire, vrai ou faux, quelle importance.

Doris vivait seule dans sa belle demeure victorienne, au milieu de ses souvenirs, elle écrivait un pavé de huit cents pages sur la vie et l'œuvre de son amoureux, cultivait ses rosiers. Très soignée, la visite chez le coiffeur devenait automatique, comme les massages à domicile, elle me téléphonait tous les soirs.

Je n'ai pas bougé de Pimlico, ce quartier me plaisait, je connaissais tous les fournisseurs, le voisinage. Mon atelier était mon antre ainsi que celle de Yoyo. Je rentrais dans mon appartement vide, j'allumais toutes les lumières, nous mangions Yoyo et moi dans la cuisine. J'accumulais les plats préparés par Shirin, qui m'avait adoptée. La solitude ne me pesait pas, et n'avais plus besoin d'un homme dans ma vie. Deux fois par semaine je donnais des leçons dans la galerie qui était dirigée à mi-temps par Clementine et le fils de Joanne, Ian O'Connor, un garçon époustouflant, sérieux, graveur d'eau-forte, très créatif et un pouvoir de concentration exceptionnel, sa mère était fière de lui. Les autres enfants étaient tous branchés écologie, Sean et sa jumelle Maureen musiciens, violon et guitare, Dan, le dernier astrophysicien. Personne ne buvait ni ne fumait, tous d'une sobriété militante, nous nous demandions ce qu'il était advenu de leur sang irlandais et comment ils fêtaient la St Patrick, le 17 mars !

Personne n'était au courant du montant de mon héritage américain, à part Michael, l'avocat fils de James qui me conseilla de faire un testament et de dépenser sans modération. Pas de descendants en ligne directe, des amis dévoués, trop d'argent, un drôle de mariage, l'épilogue d'une vie. Les épisodes défilaient dans mes souvenirs du couple que nous formions avec un Edward quelques fois très amoureux, par exemple dans le Jura, loin du contexte londonien. Le plaisir d'être ensemble nous habitait, de marcher dans les bois, chercher des champignons, de les cuisiner dans le joli chalet jurassien. Nous chantions à tue-tête, la radio à plein volume, j'adorais sa voix de basse et son accent vaudois.

Nous ne faisions qu'un quand nous développions nos plaques dans l'acide, les siennes ou les miennes, le monde extérieur avait disparu, seuls les signes importaient. La magie d'une passion partagée qui nous unissait au de là des sentiments, de la sensualité, un cadeau inestimable que nous vivions comme une évidence.

Doris avait vécu une dimension intellectuelle forte avec Edward, elle était orgueilleuse, soignait son père sacrifiant sa vie privée et sa carrière, sans un mot, elle accepta son rôle d'amie, de maîtresse de l'ombre d'un homme marié. Elle le mettait en valeur quand l'occasion se présentait, son amour était généreux, c'était loin d'être ma position. Il s'était marié au début de leur liaison en tombant amoureux de la maîtresse de son meilleur camarade, quelle histoire tordue. Elle avait tout accepté, tout avalé, le mariage, l'éloignement, gagné l'estime indéfectible d'un homme qui revenait vers elle se reposer d'une épouse envahissante. Elle n'était pas maternelle avec lui, mais une compagne dévouée, très amoureuse, n'exigeant rien et donnait sans compter. Edward était une personne d'un seul bloc, honnête, cette situation ne correspondait pas à sa nature profonde. Doris et moi formions la femme idéale. J'étais l'artiste intransigeante, égoïste, charnelle, Doris la patience personnifiée, l'amie fidèle, la confidente.

Edward attendait beaucoup d'une personne, s'il ne m'avait pas rencontrée, il aurait assurément épousé Doris. Elle avait le profil parfait de la femme d'artiste, écrivait, traduisait des textes anciens, en toute modestie, rien ne lui échappait au niveau de la gravure, elle admirait le talent de l'homme qu'elle aimait, avec raison il était doué.

Je la comprenait et lui aussi, ma présence avait dérangé le bel avenir prometteur de ce couple si bien assorti, j'avais auparavant perturbé celui de James et Clementine, la Française semeuse de désordre.

Je ne me rendais compte de rien, trop égocentrique, et prenais à pleines mains.

James était une magnifique figure paternelle, un être délicat qui m'a tout appris, l'art tout court, et celui des émotions physiques, à quoi servait un corps humain et comment fixer des idées sur un dessin et développer son propre style. Il m'a révélé quelques arcanes de la vie. Et j'ai complété mon apprentissage avec Edward, nous avions le même âge, une attirance à fleur de peau immédiate, puis l'eau-forte.

Ces deux hommes partageaient une amitié solide, généreuse, James compris vite qu'entre Edward et moi, rien ne serait platonique. Il conserva son amitié à tous les deux, ainsi qu'à Clementine et Doris, extrêmement compréhensif selon moi. James connaissait les femmes comme personne, les aimait passionnément toutes, Clementine, moi, Doris, Joanne peut-être. Il nous le prouvait régulièrement, sans forcer la main, et gagnait à tous les coups. Il avait deux veuves à satisfaire, une épouse et une fofolle dans ses filets. Il butinait de l'une à l'autre, personne ne prétendait l'exclusivité et tout fonctionnait à merveille

La propriété qui jouxtait celle de Doris plaisait à Joanne qui réussit à convaincre Pat, son mari de ne pas rater l'occasion.

Nous nous réunissions tous les soirs chez Doris, j'étais la seule à vivre hors de portée, à Pimlico. James me proposa de modifier l'atelier et de créer un studio, nous pourrions habiter ensemble dans la maison d'Edward avec Clementine.

Nous avions tous vieilli, c'était certain, mais je n'abandonnerais jamais mon quartier, mes habitudes, mon atelier à deux pas de ma porte, ce cocon je l'adorais.

Doris me réserva une chambre avec salle de bain et un petit bureau au premier étage, c'était là que vivait son père quand il était encore valide. La solution était idéale pour ce clan consolidé, j'avais semé suffisamment le désordre précédemment, nous avions besoin de vieillir en harmonie dans un cadre harmonieux.

Shirin s'était mariée avec un collègue, elle venait une fois par semaine passer la soirée avec moi, elle avait deux enfants qui l'accompagnaient et que je trouvais charmants, aussi beaux que leur maman, et blonds comme papa. Toujours aussi gaie et prévenante, j'enviais son caractère. Elle me tenait au courant des nouvelles technologies, avec patience elle m'expliquait ce que j'avais du mal à maîtriser. Nous rions comme des folles en échangeant les potins d'actualité, de sa vie d'enseignante, elle m'était devenue indispensable. Elle me dénicha une délicieuse cousine qui vint vivre avec moi et me surveiller, car j'étais encore capricieuse en ce qui concernait l'alimentation. Comme Shirin, elle cuisinait avec talent, pour mon unique repas, le soir.

James ne manquait jamais de passer une journée à Pimlico, quand il se rendait chez le coiffeur, nous prenions l'apéritif en grignotant et allions à l'atelier pour nous cajoler comme un vieux couple qui s'aimait tendrement.

Ian était un habitué du lundi, car la galerie était fermée. Nous fignolions des projets d'expos et il insistait pour que James et moi reprenions les cours une fois par mois pour une dizaine d'élèves. Nous ne voulions plus de débutants, nous les aidions à améliorer leurs prestations et affiner la technique.

Je savais à qui laisser mon patrimoine, tous ces jeunes de bonne volonté, Shirin, les enfants de Joanne. La galerie était déjà au nom de Ian, je lui léguerai mon appartement, il en aura besoin ainsi que mon atelier, il en rêvait.

Je vivais au jour le jour, beaucoup plus sereine que dans ma jeunesse.

Doris m'hébergeait de temps en temps, sa gentillesse me réchauffait le cœur, nous nous regroupions pour fumer des pétards et boire en toute amitié, à nos vieux os.

Nous n'attendions plus rien, la mort viendrait quand il lui plairait, pour ma part elle m'indifférait.

Sur ma table de nuit je conservais une très jolie photo d'Edgar, de mon grand-père et d'Amandine, je pensais à Alberte, Marie Louise, Edward et m'endormais en les remerciant tous.

FIN

L'auteur

Evelyne Nicod est connue pour ses créations artistiques liées au monde félin, peintures, gravures et illustrations de produits commerciaux, tels que calendriers, cartes postales, signets, cartes à jouer, échecs, tarots, zodiaque et bien plus encore, pour les éditions « Gatteria ».

Peintures, gravures, ex libris, bibliographie, critiques, films, sur www.gatteria.it

Elle a publié une vingtaine de nouvelles dans les calendriers, et de nombreux livres électroniques avec ses images.

LIVRES RÉCENTS

24 Esquisses et portraits
Le monde d'Alice Moprez
Carpe diem
Les Tarots des Chats
L'Alphabet des chats
Le Zodiaque des chats
Biglietto di sola andata
Villa Celeste ed altre storie
Da un gatto all'altro
Mestiere: gatto

E-BOOKS

Zodiaque en eau-forte (IT, FR)

Scacco gatto in due mosse due novelle e molte illustrazioni(IT)
Ciccia, un gatto on the road again (IT)
The national Gattery (EN)
Italian Cats, an unusual Deck of cards (EN)
Ex libris, Bookplates

Merci d'avoir acheté ce livre et d'être venu jusqu'au bout !

Si vous avez aimé ce livre, *veuillez s'il vous plaît écrire un commentaire sur Amazon.*.

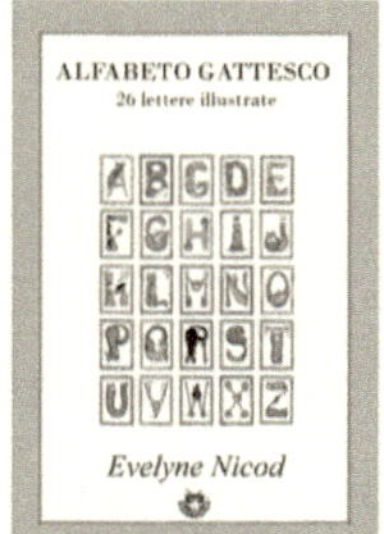

Ce volume a été imprimé en mars 2021 par Amazon

www.ingramcontent.com/pod-product-compliance
Lightning Source LLC
Chambersburg PA
CBHW021402150726
47989CB00005B/2360